中澤佳子の
このママ子育て

大吟醸、おいしく仕込んでます☆

SBC信越放送アナウンサー
中澤佳子

信濃毎日新聞社

本書は、2012年11月～2017年1月に長野市民新聞に連載した
「どこでもスタジオ」をベースに加筆・修正したものです。

CONTENTS★

中澤佳子の
このママ子育て
大吟醸、おいしく仕込んでます☆

大吟醸誕生

「酒」と書いて「しあわせ」と読む（……のは私だけか）
はじめまして、ＳＢＣ信越放送の中澤佳子です。

ご存じの方もいらっしゃると思うのだが、多分あたしの前世は何らかの酒樽で、いつも身も心も美酒たちに満たされていたのだろう……ってくらいお酒が好きだ。
酒好きが高じて、日本酒の唎酒《ききざけ》師の資格なんかも取ってみた。（っていうか、ただ飲んでばかりだと、どうも周りの目が厳しいことに気づき、資格でも持ってれば「仕事でございます、お勉強でございます、おほほ」が通じると読んだのだったが……今のところ、あんまし、いや、ほぼ関係がない）

20歳以降の人生の中で、一番つらかった時期がある。

妊娠時だ。なにしろ、お酒が飲めない。なんという試練。日本酒の瓶にミネラルウォーターを入れ、ワインのボトルにブドウジュースを入れ、耐え忍んだ日々。

そして、ついにやって来た出産。

まるで42・195キロのゴール手前で、並走してくれているコーチに、絞り出すような声で言葉を発するランナーに自らを重ね、笑顔で「頑張ったご褒美だ！」との答えを完璧に想像しながら、聞いた。

「先生、このあたしが、10カ月、ここまでお酒飲まずに我慢してきたんです。分娩室にシャンパン持ち込んで、産まれた瞬間、パ〜っとやってもいいですよね？」

すると、一言。

「バカも休み休み言いなさい」

うぅ……先生、冷たい（涙）

助産師さんに至っては「はーい、点滴しますよ〜」

完全にスルー。

続いて、無事産まれて来てくれた子供に「大吟醸」と名付けよう!! と決心するも、周囲の「猛・激・超・絶」反対に遭い……。

なんだよ、なんだよー、みんな何なんだよぉ――(涙)

そんな母ちゃんを気遣ってか、4カ月過ぎた頃から「母乳もういらん」と市販ミルクを要求するようになる(初めての親孝行、泣ける)

あ。せめて、この本では名付けてもいいだろうか?

息子の名前は「大吟醸」で♪

息子3歳の春、「安曇野ワイナリー」から記念植樹のお誘いを受け、自分のブドウの苗を植えさせていただいた。小さな苗からどんなブドウができ、どんなワインになるのか……。

たわわに実がなるまで約5年。ワイナリーの皆さんは、自分の子供を育てるように丁寧に作業している。「大地の恵みを一滴に」の思いから、気象条件や病害虫との闘い、土壌管理、剪定《せんてい》に製枝、摘葉……。

日本酒もそうだが、最高の素材を作り、そのうまさが最大限生きるように仕込んでいく。一瞬一瞬が勝負のお酒造り。酵母の力を借り、培われた技術を結集し、さまざまな工程を経る。作り手が愛情をいっぱい注ぎ込んで、ようやく誕生するお酒。なんと美しく、奥深く、素晴らしい醸造酒文化。

これは心して飲まねば。残さず飲まねば。心ゆくまで飲まねば。

大吟醸、現在8歳。12年後、一緒に酌み交わす日が、今から楽しみで仕方ないのだ。

吾輩はミルキーである

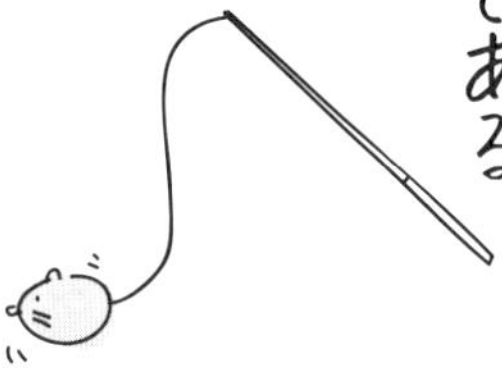

我が家には猫がいた。名前はミルキー。

２００１年２月、生まれてすぐに兄弟姉妹４匹と共に山梨県甲府市のとある場所に捨てられていたとのこと。山梨の動物関係のＮＰＯ法人に拾われ、インターネットで里親募集しているのをたまたま見つけ、どういうわけか、運命を感じ、早速連絡を取り、山梨まで会いに行くことに。

４匹すべてを引き取れるほどの家の広さもなく、他の優しい人に引き取られることを祈りつつ、ひと際よく食べ、他の猫の分まで横取りして食べ、とにかく元気に飛び回っている猫を引き取ってきた。それがミルキーだ。

体長15センチ程。手のひらに乗るくらいの小ささながら、家についても怖気《おじけ》づくことなく大きな態度。ぴょんぴょん走り回り、あっちにうんち、こっちにおしっこ。一緒に遊べ！ と夜中は大運動会を繰り広げ、寝不足の日々……。思い返せば、大吟醸の前に、プレ子育てをしていたんだぁ〜。

その後、順調すぎるほどすくすく巨大に育ち（体重6・5キロ）貫録もつき、すっかり我が家の主となった。気に入らないことがあるとすぐに噛み、びっくりするほどのお天気屋だ。そして、誰に似たのか、恐ろしく気が強い。そこがまた可愛いのだが、果たして、大吟醸がやってきたらどうなるのかと、不安の日々。

だって

「大丈夫？ 猫と一緒なんて、赤ちゃん、喘息《ぜんそく》でも発症したらどうするの？」

「敵が来たと思ってひっかいたり、攻撃してくるんじゃない？」

という、不安をあおりたてるような質問をされたり、しまいにゃ、

「猫は赤ちゃんと暮らすとストレスが溜まって家出したり、死んじゃうらしいよ」

「猫はミルクの匂いに敏感で、赤ちゃんの口元まで近寄ってきて噛みついて、昼食

べちゃうらしいよ」
なんて、どこの都市伝説だ？ってな話まで聞かされたり……。
何度ＰＣに「赤ちゃん　猫　共同生活」と打ち込み、検索し、情報を集めたことか。
良い解決策が見つからないまま、ついにやってきた大吟醸。
さぁ、どうなる？どうなる？
どうなった⁉
それが。

最初こそ、警戒しつつ遠巻きに観察していたミルキーだったが、敵は手を出してこないと分かるや、まるで子分でも出来たような気分になったのか、「お前のモノはあたしの物。あたしのモノもあたしの物」のジャイアン的発想で、大吟醸のオモチャをくわえて自分の基地に持って行くわ、せっかく大吟醸用に用意した布団を占領するわ、やりたい放題。
そのくらいならいいが、はいはいが出来ようになると、ティッシュボックスから、じゃんじゃんティッシュを出す楽しさを、実演しながら伝授する始末。

余計な事教えるなー!!
二人（正確には一人と1匹）のおかげで、どんだけ、出されたティッシュをまた畳みなおして、ボックスに戻したことか（涙）
そんなこんなで、つかず離れずの距離を保ちつつ、なんとかうまくやっている。不思議なことに、あたしが尻尾を触ると、歯をむき出しにして怒るくせに、大吟醸が、尻尾をつかんでも、しばらくは我慢しているミルキーを何度か見た。
少しは、母ちゃんのバタバタ子育てを見て、猫の手、ならぬ猫の尻尾を貸してくれるのかなぁ～なんて思っていると、あたしに向かって「こいつのこの行為やめさせろっ！」とばかりに噛みついてくるし（涙）
あんまりだー（涙）なんまいだー（涙）

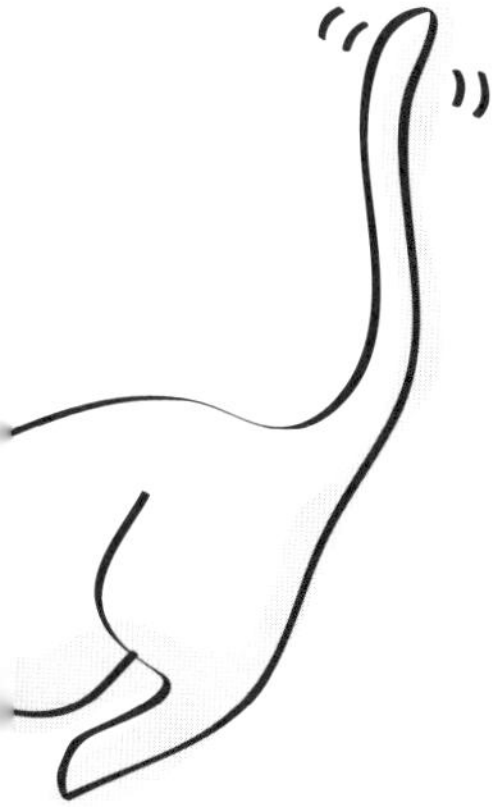

初めての言葉

1歳を過ぎると、そろそろ「言葉」を発する時期かと、そりゃあもう、ドキドキワクワクの毎日だ。
保育園では家にいる以上に、色々な言葉が飛び交い、刺激を受けるだろうから、「言葉」がどんどんと耳に飛び込んでくるだろう。
子育てをする母の気持ちは、共通だと思う。一番初めに言って欲しいのはやっぱり「ママ」でしょ～♪ なーんて思ってたら、まさかの……いや、想定内か、ってか、必然か（涙）

近頃の大吟醸ときたら、ことある毎に、「ぱんぱー！」と言うようになった。

「パパ」か？と思ったが、そうでもない。

「パンパース？」おむつを替えてくれってことか？

いや、どうも違うらしい。うーむ。

しかし、何を言おうとしているのか、解明するのにそれほど時間はかからなかった。


日が落ちると、心が躍る。

食卓に並ぶ食器を少し上から見下ろす背の高さ。トクトク……という音と共に、それが赤く染められると、テンションはＭＡＸだ。

本日も、頑張りました〜。

それでは〜

「かんぱーい！」

すると、大吟醸が高い声を重ねてきた。

「ぱんぱー！」

！！

「ぱんぱー！」って、つまり「ぱんぱー（い）！」で「かんぱーい！」のこと⁉

うそん……。
初めての言葉、「乾杯」？
え、え、それでいいの？
「ママ」だろ？ 普通。
やりなおせー！ 巻き戻せー！ うわ～ん（涙）
保育園のママ友が「うちの子、最初の言葉、パパだったのよー、残念」と言った。
涼しい秋の風が、通り過ぎていく。
本日から、中澤家、酒盛りの前は「Ｃｈｅｅｒｓ！」に変更っ！

高速はいはいが出来るようになり、行動範囲も少しずつ広がってきた大吟醸。

動くってことは、こんなに大変なことなんだと、痛感する日々。

これ、歩くようになったら、どうなってしまうんだろう……。

自分の側頭部と後頭部に、あと二つ三つ、目を増やしたいくらいだな。

そんな大吟醸に、どうも落ち着かないのがミルキー姉さんだ。

姉さんの後を、しつこいくらいに追っていく。そのしつこさに、イラっときているのが分かる……。

まずいぞ～。

怒られるぞ～。

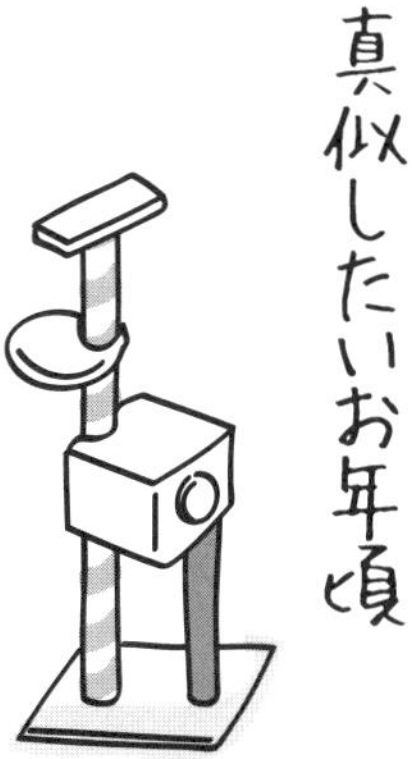

あたしをヒトにらみした後、キャットタワーまで近づくと、気持ちいい程の跳躍力で、ひょいとタワーを駆け上がる。あんた、6・5キロも体重あるとは思えんね。

そうして、上から大吟醸を見下ろし、完全勝利宣言。

いやぁ、分かりますわ、姉さん。あなたのお気持ち。

しつこい男はイヤですわよねー。

あたしの方から、大吟醸に良く言い聞かせておきますんで、ひとつ、穏便にお願いいたします。


それにしても、まぁ、近頃の大吟醸ときたら、姉さんのやることなすこと気になるようで。

猫用段ボールで爪とぎしてれば、自分もカリカリやってみたり、猫用の草を食べていれば、自分も草むしってみたり。

ちょっと目を離すと、ひぃぃ！　姉さんのご飯の場所に行って、エサをつまんで食べようとしてるしー。

まだいい。おなか壊すくらいで、まだ何とかなる。

でも、お願いっ！

猫のトイレで、恍惚の表情で用を足している姉さん見て、同じ事しようとだけは思わないでくれ――。

そんでもって、砂の中から宝探しするのは、やめて――っ！

あんた そりゃないよ

姉弟のように育っている大吟醸とミルキー姉さん。

姉さんがゴロンとすると、真似してゴロンする。ちょうど同じような丸っこい体格で、少し離れてみると、どっちが猫か人間か分らない。ぐうたらさ加減がそっくりだ。

そんな大吟醸だが、たまに真剣なまなざし……。と思うと、その先にあるのが、テレビ。放送局勤務の母ちゃん的には、いいのか悪いのか、複雑な心境。

現在お気に入りは、「天気予報」と、子供ならだれでも通る道、某局「おかあさんといっしょ」。テレビの前でつかまり立ちしながら凝視。

あ――――っ！ そんなに前で見たら、目が悪くなるわ――――っ!!

ところで。

土日勤務をして、ぐったりして帰宅した時のことだ。

ニュースを読む母ちゃんが画面に出てきたら、指をさして「ママー!」って言ってたよ!と夫から報告を受け、もう疲れなんてぶっ飛ぶくらい嬉しかった。

大吟醸……。

あんたも分かるようになったのね。成長したのね～。

じーん。


喜びにどっぷり浸った、あくる日。

いつものように、朝、バタバタしながら、保育園に行く準備をしていると、テレビの方向を指さしながら、「ママー!ママー!」と叫ぶ大吟醸。

ん?

この時間って、何か収録であたしの露出あったたんだっけ?番宣のCMでも流れたのかな?と、振り返り、テレビを見てみると……。

「ママ～」と言いながら、ニコニコした大吟醸の指さした画面にアップで写っていたのは……。

民主党、鳩山さん……。

いや、あんた、間違えるにもホドがあるってもんだろ……。

2歳とはいえ、男の子なんだなぁ……。

あたしは、妹一人がいるだけで、男の子のいる家庭初体験のため、そうか、こういうモノに興味があるんだ……と、思う出来事が多い。

近頃の大吟醸、「ぶー」を連発し、自動車にかなりの関心を寄せている。それならば！と、パパも、じいちゃんも、ばあちゃんまでもが、それぞれ競ってミニカーや車の絵本のプレゼントを持ってきてくれるようになった。

「この車が特に気に入っているようだぞ！」

「いやいや、私の持ってきてあげたのが一番好きみたいよ！」と、じいちゃんばあちゃんで言い合っていることがある。

母ちゃん的に大変ありがたい一方、狭い我が家、そんなに何台も頂いても…。ミルキー姉さんの居場所がどんどん車に替わり、そのうち、怒られる。こっぴどく怒られて、あたしが噛まれるんだ（涙）

ところで。

今一番好きなのが「パーポー」＝パトカーだ。ちなみに、救急車は「ピーポー」。

それぞれ本人的にすみわけがあるらしい。

ドライブ中、パトカーが見えようものなら、チャイルドシートで身をよじって大興奮。「あの車の後を追って！」とばかりに大騒ぎ。

さすがに、パトカー追いかけちゃまずいかと……。

かといって、追いかけられるのはもっとまずいし。

先日、大吟醸の「車における人物序列」を少しでも優位なポジションに上げよう……と思ったかどうかは分からないが、こともあろうか、ばあちゃん、長野市の中央警察署に「パーポー」を見に大吟醸を連れて行ったというではないか!!

えーっ！

だ、大丈夫だったの？

それが、

途中、警察官のお兄さんが来てくれて、色々話してくれたそうで……ずっとお目目がハートになりっぱなしの大吟醸だったそうな。親切なおまわりさん、本当にありがとうございました。

しかし、この話には続きがある。

ミニカーとは違う、迫力満点の本物の「パーポー」を堪能した後、ばあちゃんの車のチャイルドシートに乗せようとしたところ……。「まだ帰りたくない!!」と、大泣き＆大暴れ。

「傍から見たら、誘拐じゃないか？って思われて、警察の前でつかまるんじゃないかと冷や冷やだったわよっっ！　もぉっ！」

…………。

いやいや、ばあちゃん、連れて行ったのは、あなたですし、あたしに逆ギレされてもですね……。

先日街で、偶然見かけた、とあるタレント氏。

まずい……。ちょっとファンだ。

どうする。

「すみません……子供がファンでして、握手してもらってもいいですか？」

こんな小さな子が、ファンもへったくれもあるかっ！

見え透いた嘘をつきつつ、

「良かったね～、大吟醸！嬉しいね～」なーんて言いながら、ちゃっかり自分も握手してもらう。世間で言うところの「ダシ」ってやつだ。

いやぁ、使える時は使わせて頂こうじゃないか♪

頼もしいぞ！　大吟醸☆

さて。

我が家の車庫に停まっている車に、仲良く乗る、大吟醸とミルキー姉さん。

大吟醸は、ハンドルを掴《つか》んでみたり、シートを移動したり、エアコンやオーディオのボタンを押したり、そりゃもう、大興奮！

一方の姉さんは、自分の匂いが付いていない車のあちこちにスリスリして存在を染み込ませていた。

しかし、ごめんよ、姉さん。

その努力、あまり報われない。

壊れた。

エンジンかけても、ウンともスンとも言わないマイカー。もう、どうにもこうにも埒が明かず、買い替えを決心したあたし。

突然の大きな出費……。痛いなぁ（涙）　その出費、少しでも抑えたいと、脳味噌フル回転で知恵を絞る。

ＯＫ!! いつもの「アレ」だっ！

車屋さんに行く前に、大吟醸に秘密の特訓を施す。

「いい？ 大吟醸、ママの真似してみて♪

『お兄さん、車、安くしてください！』ほら、言ってごらん。

出来るだけ可愛く言ってごらん。ほれほれ」

猛特訓を重ねた数日後、車屋さんに向かう。

「お子さん可愛いですね～」

「あら、まぁ。ありがとうございますぅ」

今だっ！ 大吟醸！ いけっ！

「ダンプ、ちょーだい」

ダンプいらんわーっ！（涙）

歯医者デビュー

ミルキー姉さんの歯は、半端じゃない程鋭い。
（猫だから、そりゃそーか）
その歯で起こす流血事件は、およそ1週間に1回の、驚異的ハイペースだ。
さておき。

大吟醸も乳歯が生えそろい、姉さんほどじゃないけれど、たまにガジガジ、ミニカーなどをかじっている。そんなもんかじるなーっ（涙）
そんな歯に、黒い穴を作ってしまった大吟醸。
（これは完全に母ちゃんの責任だな……反省）

そんなわけで、歯医者さん通いすることに（涙）
あのキーンって音と、独特の香り。
もう、歯科医院に一歩足を踏み入れただけで、あたしはひっくり返ってしまいそう（涙）
その昔、あの診察席に乗ったまま、絶対に口を開けなかったり、お腹が痛くなったと仮病を使ったり、子供ながらに考えられるすべての抵抗策を使って拒否した。しかし、努力むなしく、結局治療が始まり、大人には逆らえないことを身を持って体感したものだった。
今どきの歯科医院は、昔とずいぶん違っている。「小児歯科」なんてのがあるくらいで、明るく可愛らしい壁紙に、子供用のＤＶＤやおもちゃもあり、恐怖心を持たせないよう、色々な工夫がされている。なにしろ、先生がニコニコで、怖くない。
治療自体も、痛くない治療が主流なようで、大騒ぎするかと思っていた大吟醸も、すっかりお気に入りのスポットになってしまった。
「明日、歯医者さんだよ」と言うと、大喜び☆
時代は変わったもんだ……。

家に帰って来ても、先生の真似をして、歯医者さんごっこに付き合わされる。
「ママー！ あ～んしてごらん♪」
寝かせられ、口の中に手を突っ込んでくる日々。
大吟醸の手から、細菌・ウイルス、ぜーんぶもれなく丸呑みしているあたし……。
いつ、どんな病気を発症してもおかしくない毎日……。
歯医者だけにとどまらせてくれー（涙）

39分の1

確か、つい先日酒盛りをしたはずだ。「明けた〜！」と言いながら。

それから、確か、翌朝は、お餅も食べた。

カラカラと乾いた音がするお財布から、ぽち袋に四つに折りたたんで入れたものを甥っ子と姪っ子に渡した。大吟醸にもらったその袋の中身は、母ちゃんが大事に大事に取っておくからね！　まさか、やだ、そんな、酒に消えるわけ、ないじゃない、ちょっとあーた、いくらあたしが酒好きだからって、そこまではしませんってば！　た、多分。

やるとしたら（やるんか!?）

大吟醸が20歳になった時に飲む用の、何か、そーゆーのを買いますよ、ええ。

信じて、大吟醸。っていうか、世の皆様方は子供のお年玉、どうしているのだろう？

そんなことを考えていた、それは、つい先日の話……。

と、思っていたら！ なぬーっ！ もう12月も中旬っ！

カレンダーが淋しくなった。めくると、そこには壁がある（涙）

早い。年々早くなっている気がする。

年を重ねていくと、どうして、こうも時間が過ぎるのが早いのだ？ すぐにまた年の瀬が来るのは何故なのか？


そんなことをひとりブツブツと言っていたところ、夫が一言。

「それは、39分の1だからです」

はて？ どういう意味かと、聞いてみると。

「例えば、4歳の大吟醸にとっては、年の瀬は4回目で、今年は4分の1の経験。でも、39歳のヒトは39分の1になるわけだから早いんだよ」とのこと。

ふむ。分かったような分からないような……。

でも、だとすると、年々分母が増えていくってことで、更に時間は早く過ぎる訳？

がーん。すっかりブルーになった私にもう一言。

「分母の数が増えるってことは、選択肢も増えるってことで、経験してきた分母から、例えば不必要なトラブルを避けたり切り離したりする事だって出来るようになるし、悪いことばっかりじゃないよ」と。

う〜ん。

なんだかうまく言いくるめられているような気もしたけど、とにかく、分母が1年経つと一つ増えちゃうってことだけは阻止できない現実だし、出来ることは、せめて、充実した分母を増やしていくことだろうと、無理矢理結論。

涼しい顔でこちらをのぞく大吟醸と、我れ関せずでひっくり返っているミルキー姉さん。

……分母だの分子だの、久しぶりに算数の勉強をした気分で、脳みそがこんがらがって固まった。これは、正月が来る前に、酒盛りでもして、もう一度柔らかく解放させねば！

そんなわけで、今宵も、美味しくいっただきま〜す♪

成人の日に

新成人の皆さん、おめでとうございます。

私は……というと、2回目の成人式が出来るお年頃に。ハイ。

大吟醸が成人式を迎える頃には、あたしは何歳に……。えーと。しばらくは、忘れとこう。

成人の日というと、先日、ラジオ番組で「漬物」というテーマに寄せられたメッセージの中に、とても印象的なものがあった。

毎年ご主人に、梅を焼酎で漬け、1ビン梅酒を作ってあげている母ちゃん。今年はその数が二つになったとのこと。増えた一つは、東京で頑張っている息子さんの成人の日にプレゼントで送ってあげるんだそうで。

しかも、イマ時っぽく、そのビンを可愛らしくデコって。飲みすぎ注意って書いて。

なんと可愛い母ちゃん！　なんと素敵なプレゼント！　泣けるわ〜っ！

きっと息子さんは「何だよぉ、コレっ！　恥ずかしいっつーの！　アホか、かーちゃんっ！」って言いながら、友達には絶対に見られないようにしながら、でも、きっと、絶対、ものすごーく嬉しいと思うんだなぁ〜。

母ちゃんの優しさの記憶って、必ずどこかに残っていくものだと思う。


私も、そのメッセージを読みながら、ふと、遠い記憶に、母親が、受験勉強している時に夜食の鍋焼きうどんを作ってくれて部屋に持ってきてくれたこと、遠足の日の夜、筋肉痛になって痛いと言う私の足を、ずーっとさすっていてくれたこと、何かに引っ掛け、破いてしまったと泣きながらお気に入りのスカートを見せた時に、にっこり笑いながら針と糸であっという間に直してくれたこと。

なんだか色々、思い出して、きゅんとなった。

私も大吟醸に、そんな母親としての優しい記憶をいくつ残せるだろうか……と。

その夜、布団の中で、眠りにつく我が子の背中をトントンとしながら、初めて子守

唄を歌ってみた。（しかも、恥ずかしながら自分の歌※（笑））
次の瞬間。
「ねぇママ、ちょっとうるさい」
………。
ええ。もちろん、その後はヤケ酒ですとも（涙）
ミルキー、付き合ってくれっ！

＊「春風の約束」byスイートメモリーズ／P44参照

お受験

先日「受験考えてる？　どうする？」と、東京の友達から電話があった。

「もう無理無理」

「何言ってんの、これからでしょう！」

「今更何かを覚えるなんて、この年じゃ厳しいよ〜」

「あんたじゃないよ」

かみ合わない会話が続いた。

いや、社会人受験って、今流行ってるからさ。違うのね。あぁ、大吟醸ね。

え？幼稚園お受験？　小学校に向けてのお受験？

都会はやっぱすごいなー。

ミルキー姉さんと新車（トミカね）の取り合いをしている大吟醸をチラ見して思った。長野で良かったねー、大吟醸♪

受験の話を久しぶりに聞いて、自分の大学受験を思い出した。

「ま、どっか受かるでしょ♪」って、全く根拠のない自信で挑んだ現役の年。受ける大学、受ける大学、徹底的に振られ、次々と届く「不合格通知」。足元が、ガラガラと崩れ、断崖絶壁、右にも左にも動けない！　私そのものを、人間そのものを否定されたような感覚……。これが、噂の「挫折」ってやつかーっ！

それまで、なんとなく生きてきた「少女K」にとって、初めて訪れた、ちょっとやそっとじゃ太刀打ちできない程の大きな試練。

友人は花の女子大生。華やかな都会生活。

一人暮らしだ、バイトだ、化粧だ、彼氏だって、

あーたちょっと!!

この間まで高校帰りに肉まん買って田んぼの脇で二人で一緒に食べたじゃん！

どこで人生そんなに変わっちまったんだ……って。

そんな思いっきり劣等感に支配されながら過ごした1年。でも、あの時の惨めな気持ちとか、とらえどころのない不安とか、全部ひっくるめて、今の原動力になっている気がする。

この見栄っ張りの私が、どうやって劣等意識を見せないようにするんだ？とか、惨めさを感じさせないようにするにはどう振舞ったらいいんだ？とか、ばっちり身に着いた。（ってか、そんなの身に着けてる暇あったら勉強せい、あたし！と、今なら突っ込み入れられる）

さておき。

負け犬って訳じゃないけど、人が挫折から得られるものは、とてつもなく大きい。

そしてそれを生かせるか生かせないかで、その後の人生が大きく変わると思う。

だから、見て。

今のこのわたし。ちょっとやそっとのNG出しても動じない図々しさ。40越えようがミニスカート履いてみるふてぶてしさ。

そんでもって、さらなる挫折を繰り返す、この学習能力のない母ちゃん。

でもね、大吟醸。一つだけ教えてあげようか。
大人になって知った、挫折した時の一杯。
ほろ苦く、でも、体中に染み渡って、ゆっくり優しく慰めてくれる。
これが何とも言えない旨さなんだ。
そんなわけで、挫折、ばんざーい！（……なんか違うか？）

大きくなったら

先日部屋の片づけをしていたら、小学生の頃の写真がひょっこり出てきた。おおぉ〜！いいねぇ〜！あたし!! シミもなけりゃ、シワもない。何という初々しさ。大吟醸！見とけ！見とけ！母ちゃんにもこんな時期があったのよん。

「だれ？」

「ママだよ」

「ちがうよ」

「違わないっ！」

「ちがう」

「ママだっつーの！」

「ちがう――――うぁーん（泣）」
何故泣く――――？ 母ちゃん若くて何が悪い？

さて。

そんな、ピチピチ肌だった頃の夢は、恐れ多くも「アイドル」。松田聖子ちゃんに憧れ、擦り切れるほど聞いたテープにレコード。もちろん髪型も、しぐさ歌い方も振り付けも、自称完コピし、いつの日か同じステージに立てると疑いなく信じていた。まぁ、何も分かっていない幸せな時期だったわけだ。

その後。

アイドルに耐えうるような容姿もなければ、歌唱力も持ち合わせていないという残酷な現実に、なるほど、夢というのは、夢で終わることもあるのだと知った。

ところが。

ここが、中澤佳子の「図太さ」（今では長所に昇格↑）

2012年の3月。

SBCラジオ60周年で持ち上がった「リスナーさん達に少しずつ歌詞を紡いで頂き

ながら1曲完成させせパーソナリティーが歌う！」という企画。ここぞとばかりに「じゃあ、ラジオが一番元気だった80年代、昭和アイドル風で行きましょう！」と提案（さすがに今風のアイドルでは無理があることは私も自覚）

そんなこんなで、まさかまさかのアイドルユニット誕生！ごり押し大成功！

形こそ少し違えど、小さい頃の夢が叶った！ブラボー☆

そして1年間、SBCの小林万利子パーソナリティーと「スイートメモリーズ」*として4曲を（も）発表してしまうという、若気の至りならぬ、中年気の無謀。そして、その集大成としてCDをリリースすることになったのだ〜☆

「おばちゃん達、何の勘違い？」と100人中、99・9人は思うだろう。

大丈夫、あたしもその通りだと思う！

でも、夢は叶うのだ。

ごり押しだろうが勘違いだろうがナンだろうが、諦めず思い続けていたりすると、ある時、思わぬ形で叶う偶然が、全くないとも限らない。人生どこで何が起こるか分からないのだ。だから、夢は果てしなく大きく、いや、図々しく持ち続けるべきなのだ。

4歳の大吟醸にそんな話を力説しながら聞いてみた。

「ねぇねぇ大吟醸はさ、大きくなったら何になりたいの？ ちなみにね、ママの希望はね、『医師免許と弁護士資格を持ったジャニーズ事務所所属のサッカー日本代表選手☆』なんだけどな〜。どうどう？」

返ってきた答え。

「えっとね〜、新幹線のねぇ〜」

（お！運転手か？ それもアリよ。パイロットでもOK！ レーサーもいいね〜）

「新幹線のタイヤ」

タ……タイヤですか？

…………。

ええ今宵は母ちゃん、久しぶりの涙酒（泣）

ミルキー、あんたも一緒に飲む？（涙）

＊「スイートメモリーズ」のCDの売上金は東日本大震災で被災した子供達に向けてお送りいたしました。

幸せってなんだ？

ある日、大吟醸が突然一言。

「あのさ、ママ、ちゃばしら立てて！」

ち……ちゃばしら……とな？

子供は時に、その言葉をどう取ったらいいのか、その言葉に何が含まれているのか、年がら年中一緒にいる親とて難解な事を、さらりと言う。

ちゃばしらとは、つまり茶柱か？　あの、お茶を入れた時に、稀《まれ》にお茶の茎みたいなものが、湯飲みに入り込み、そんでもって、更に稀にそれが湯飲みの中で縦になるっていう、あの稀現象のことか？

なんでまたそんなことを言い出したのか？

そのナゾの発言のモトを紐解いていくと、どうやら「ドラえもん」で、そんな表現が出てきたのを、真似したことが判明。ドラえもん恐るべし。というより、アニメの影響は大きい。毎日ドラえもんが計算ドリルをやってくれればいいのにさておき。

あたし自身も、茶柱なんて、久しぶりに聞いた単語、ふと気になる。茶柱を無理矢理にでも立ててみれば幸せや幸運はやってくるだろうか？熱いお茶の中に手を突っ込み挑戦してみる。結果は火をみるより明らかで。立つわけがない。軽くやけど。ギャーギャーやっていると、大吟醸がやって来た。

「ママ何やってるの？僕もやるー」

やめてーっ！やらなくていいーっ！

「幸せ」はそんなに簡単に来るものじゃないから「茶柱が立つ」なのだ。

私の尊敬する人の一人に、仕事でご一緒させていただいている「ラジオ・人生相談」でもおなじみ、幼児教育を研究していらっしゃる、大原敬子先生がいる。

「幸せって、何でしょうね～?」と、これまた大吟醸のことを言えないくらい突然に聞いてみたことがある。

すぐに返ってきた答えが「今を大切にして、すべてに感謝すること」。起こる現実を受け止め感謝すること。それが嬉しい事実でも辛い事実でも、自分の意志で感じられることに感謝する、それが出来ることが幸せってことなのよ。

「……う～ん」

しばらく考えてみた後、正直にこう言ってみた。

「先生、おっしゃっている意味が、ちっとも分かりません」

すると、

「佳子ちゃん、あなた、理解力ありそうでないわね」

するどい……。

「そうなんです、先生。私、理解しているフリをするのはめちゃめちゃ得意なんですけどね」と返してみると、

「フリが出来る自分にも感謝してあげなさい。それが幸せなことなのよ」

これまた分かったような分からないような……。

でも、感謝すること。何事にも感謝の気持ちを持つことが幸せにつながっていくっていうのは、何となく分かる気がする。

4月。

何かが始まることへの感謝、新しい出会いに感謝、花が咲くことに感謝、花粉症で鼻声になって苦しいけど「お大事に！」って言ってもらえることに感謝、大吟醸とミルキー姉さんが元気でいてくれることに感謝、何より、今夜も美味しいお酒が飲めることに感謝！

そうだ、今、私は、ものすごく幸せなんだ。

出たっ！　嫁姑問題

先日、東京の友人の結婚式に出席した時のことだ。

私のテーブルには新郎のご親戚がいて、お酒も進んでくると、おば様達がこんな話をし始めた。

「息子なんてものはさ、結婚しちゃえば嫁のものになっちゃうわけよ」

「そうなのよっ！　全く、育てたのは誰なのよ！　って話（怒）」

「○○君（新郎）も、いまに、そうなるのよ。所詮、そんなもん」

「やぁね、ほんとにもう、うちの嫁なんてね……」

キタ━━━━(゜∀゜)━━━━！　ＴＨＥ嫁・姑問題！　大吟醸がいつの日か結婚……なんて時が来たら、私もそんな話に加わって、大騒ぎするのだろうか。

番組でテーマにすると、メッセージ来るわ来るわ。嫁VS姑。

・嫁のやることなすこと気に入らない

・姑の過干渉が耐えられない

古今東西、どんな時代でも避けられない、永遠のテーマ「嫁姑問題」。ちなみに、私の場合、義理の母が菩薩のような人で、トラブルは今まで一度もない。ありがたや～（……と思っているのは私だけだったりして）

同時に募集した「トラブル回避・問題重症化予防法」はこれから結婚を控えている関係者の皆様にはとても参考になると思う。

そんなわけでちょこっとご紹介。

まず【嫁側】

①姑の料理ほど、全力で食べる

②姑の誕生日、母の日は必須科目

③ダンナ（姑の息子）をほめる
④**そもそも姑と張り合わない**

続いて【姑側】
①**子育てにはお金出しても口出さない**
②**息子と嫁のプライベートは見ざる聞かざる言わざる**
③**そして、息子は嫁のものと諦める！**

……だそうです。ハイ。納得。

いつか、私も姑になる日がくるだろう。

今回のおばさまたちのような会話に入った時、「何言ってるの、結婚すれば息子は嫁のものでいいのよ」と明るく穏やかに言えるような親子関係をしっかり築いていきたいと思う。


と。この原稿を書きながら、それでも……と、大吟醸に聞いてみたりした。

「ねぇねぇ、大吟醸は誰と結婚するの～？」

「僕ね、ママと結婚する！」

じーん。そうそう！その台詞が聞きたかったの、あたし。

「でね、そのあと、僕パパと結婚するんだ」

……いや、それはどうなんだ？

「そしたら、ママは、ミルキーと結婚してね」

……ミルキー、猫だし、しかも♀だし
結婚の意味を知るまで、最初の台詞だけ何度か聞かせてくれ（涙）

それをつまみに今宵も酒を。

小さい箱の大きな世界

「遠足のお知らせ」ふむ。

やってきたかと、大きくひとつ溜息。

大吟醸が持ってきたプリントには「つきましてはお弁当の用意をお願いします」が続く。

全身全霊で、苦手分野。自分以外の誰かにお弁当を作ったことはない。ダンナにもない。すまん。

周りのママ達は「キャラ弁」だろうか？

「つきましてはお酒の用意をお願いします」になら、誰にも負けない好対応ができる自信あるのだが……。

『すごい！弁当力』（佐藤剛史著）という本がある。大人も子供もお弁当を「作る」ことを強く推奨している。安くて美味しいお弁当が簡単に買える時代に、あえて手間暇かけて作ることが、いろんな意味や効果を生みだすのだという。確かに、お弁当の持つ力は大きい。

昨日の夕飯は思い出せなくても、さっき食べた朝食すら忘れていても、心がこもった手作りお弁当は思い出せるものだ。数年たっても、あの時のあのお弁当が……と想い出の中に深く刻まれる。

当日、母ちゃんは意を決し、朝4時からキッチンに立ち、蓋《ふた》を開けた時の大吟醸の笑顔を想像しながら作る。

ふと、高校時代、母に「今日のお弁当、茶色ばっかりで彩り悪かったっ！友達に見られるの恥ずかしかったんだからっ！」と文句を言ったことを思い出し、胸が苦しくなった。

一つの箱が色々な思いを交錯させる。

お弁当箱に詰めるのは、料理と愛だ。そして、その中身が午後の活力を後押しする。

なんと小さい箱の、なんと大きい世界か。

遠足から帰ってきた大吟醸がお風呂に入りながら思い出したように言った。

「そうだ、ママお弁当ありがとう！　おいしかったよ！」

きゃ～！　母ちゃん感激！　先生が「言うのよ！」って指導してくれたのかもしれない。だとしても忘れずに言ってくれたことが嬉しい。

ドキドキしながら聞いてみた。

「じゃあ、何が美味しかった？」

手作りハンバーグか？　2度の失敗を経て形になった特製卵焼きか？

それとも、3色おむすびか!?　運命のジャッジは!!

「さくらんぼ――――っ！」

あ――――っ！　そこ行くかっ！

今月も敗北のヤケ酒っ！

エレベーターに乗り込む。

誰かがいる時はいい。問題は一人の時だ。一点見つめる先は階数を示す数字ではない。あたしの場合、非常ボタンだ。

ドキドキ。

押したら何が起こるのだろうか。エレベーターが止まってしまうのだろうか。警備員さんが飛んでくるのだろうか。

「すみません、間違って押してしまいました」と言えば何とかなるかもしれない。

押してみようか。

しかし、いや待て……と、一応、理性が人差し指を止めに入る。

人は「やっちゃダメ」と言われるほどやりたくなる習性がある（特にあたし）。

これを「心理的リアクタンス」というらしい。

鶴の恩返しで機織りをのぞいちゃったじいちゃんばあちゃんの気持ち、私にはよーく分かる。「のぞいちゃダメ」って言われればそりゃ見たくもなる。あんな思わせぶりに言った鶴にも責任の一端はあるだろうよ。ま、そうしないと物語は進んで行かないから仕方ないんでしょうけど。

そんな「心理的リアクタンス」を逆手に取ったのが、例えば雑誌の袋とじ。あんな風にされたら、つい買ってのぞきたくなってしまう（んですよね？男性は）

これは、子育てにも応用出来るんじゃないか？自分の経験から、「ダメ！こうしなさい」と高圧的に言われた場合、自分の欲求をないがしろにされていると感じ、それに大いに反発する反応をとることが多い。子供だってそうにちがいない。

自分の都合で「それやっちゃダメっ！」の連発だったあたし。反省して、少し前から意識的に「ダメ」を使わないようにしていた。

大吟醸は近頃、本はめくりもしないくせに、どこで覚えたか、母ちゃんのスカートをめくることを覚えた。

「やめなさいっ！ ダメっ！」なんて言ったもんなら、キャッキャ言いながら、余計に面白がってやり続ける。

そうだ！ ここだ！「心理的リアクタンス」


保育園へのお迎え。

この日もまた後ろからヒラリ。怒りをグッとこらえ、ニッコリ。

「めくりたいなら、もっとめくってもいいよ〜」そう言いながら振り返った瞬間、そこにいたのは、お迎えに来ていたお友達の若いお父さん。固まっていた。

①おばさんのパンツを見てしまった
②更に「もっとめくりなさい♪」と言っていた

そりゃ、若い父ちゃん固まるさ。涙目だったさ。

「違うんです！　これは心理的リアクタンスを使った私ならではの子育てでして

……」

誰がそんな言い訳をまともに聞いてくれるというのだ？

やっぱり、この世に「ダメっ！」は大いに必要なんだっ!!

あ———っ！　飲んだる！　飲んだる！　今夜もヤケ酒だ———っ。

断捨離の落とし穴

昔から「捨てられない」性格である。
着ない服、使わない試供品、包装用紙に紙袋、絶対いらないいんだろうなぁ〜と思いながらも、いや、いつか役立つ日が来るんじゃないかと、市販の食パンを閉じてある凹みたいな物まで……。全部集めたら、何屋か出来るぞ。だって、捨てちゃうのもったいないんだもん。

「断捨離」という言葉が市民権を得て久しいが、実は「捨てられない」奥にはコンプレックスがあることが多いらしい。
例えば、試供品を溜め込むのは、「自分は運がないとの思い込み↓タダで手に入れたラッキーな自分を確認したい」、想い出の品を捨てられないのは「『あの頃はよかった』という過去に執着しているから」とのこと。

……これ、あたしだ。

そうはいっても、このままだと、我が家の半分は「いらないもの」で出来ていることになってしまう。さすがに、それはまずい。

休日。意を決しゴミ袋数枚を片手にクローゼットの前に立つ。

服を捨てられないのも、「高かったから↓捨てたら高い服を買えなくなるかも」「スタイルがよくなったら着るから↓捨てたらスタイルが悪くなるかも」という不安が、無意識の中にあるのだそうだ。

大事なのはそれが今の自分にとって本当に必要なのか、本当に快適なのか、本当にふさわしいかどうか？　ということだ。

いざ、覚悟を決めて、2年以上着ていない服を取り出す。やり始めると、不思議なことにテンションが上がる。今までが信じられないくらい、捨てる勢いがついてくる。

「これも、捨てる」「こっちも！」「えぇい！　これもいっちゃえ！」

そう、これで私は生まれ変わるのだ。新しい私になるのだ！

何だ？このわき上がる快感は……。

「やっちゃえ、やっちゃえ！捨てちゃえ！捨てちゃえ！祭りだ祭りだ、わっしょーい！」

一人遊んでいた5歳の大吟醸がやってきた。
「ママぁ、遊ぼ～。何やってるの？」
お！いいところに来たな！
母ちゃんは今、ノリにノッてるのだ☆
巷《ちまた》で話題の、断捨離中なのだ！
さぁ最後の仕上げ！入れるぞ入れるぞ！これもあれも全部！
大吟醸にゴミ袋を渡し、カサカサさせながら言った。「口開けて！」
次の瞬間、大きな口を開けている姿が目に飛び込んだ。
…………。

一気に断捨離ムードがしぼむ。やる気メーターがＭＡＸからゼロに近い域まで下がっていくのを感じた。

追い打ちをかけるように、ミルキー姉さんがやって来て、そのゴミ袋の上にどっかりと腰を下ろし、寝る態勢に入った。

アンタたちさぁ……。

母ちゃん、酒飲んでくるわ。昼ですけど。

そうでもしないと、ほら、もう、何ていうか……。

そうだ人間ドックに行こう

どうも、体調がすぐれない。時に頭痛、突然の腹痛、寝ても抜けない体のだるさ。誰かに相談すれば、「そんなの、酒の飲み過ぎに決まってるでしょ！」と一刀両断されるのが火を見るより明らかなので、言えない。

自業自得なんだけどさ（涙）

そんなこともあってイライラが募り、ドカンと八つ当たり（すまん）

「言うこと聞きなさいっ！　ママ、胃に、お腹に穴あきそうだよっ（怒）」

大声で怒鳴ると、心配そうにセロハンテープを持ってきた大吟醸。それを見て、

「はっ」我に返った。

こりゃいかんいかん。

人間ドックに行こう。

徹底的に調べてもらおう。


人生2度目の人間ドックは、初体験が二つあった。

まず、ドキドキしながらのマンモ検査。女性なら誰もが経験すると思うが、やはり、恥ずかしさが先行する。特に、男性の検査師さんだったりすると、なんとも……。

この年になっても、そんなものだ。

そこで、ちょっと照れ隠しに「すみませんね、挟むもの無くて」と言ってみた。

すると……「頑張ってみます」の返答。

おいっ!!


続いて、胃カメラ。

何人もの経験者が、口をそろえて言うのが、

「辛いよ〜」

「涙ボロボロ出て、おぇ〜ってなるよ〜」

そんな話を聞いていたため、とてもじゃないけど普通に検査する勇気を持てず、全身麻酔を希望。看護師さんが優しく囁く。

「これで10数える前には意識がなくなりますからね～」

「1、2、3 ……9、10、11、12……」

ね、眠くならないんですけど。

「お酒強い方はかかりが悪いことあるんですよね～」

…………。

なんだかんだで、検査終了。いよいよ結果発表の時間！（詳細は後日）

ついに来たぞ。覚悟は出来ている。先生、私どこが悪いんでしょう？ 正直に言ってくださいっ！

「どこも異常なしですね♪」

へ？ そんなはずありませんっ！ 少なくとも、胃に穴はいくつかあいてるはずです！ セロテープが必要なくらい!!

「胃もきれいですね～♪ 他も全く問題なし」

納得いかないあたしが、なおも食い下がると、

「うーん。あえて言うなら、あまりお酒を飲み過ぎないように」

……………。

その日を境に、嘘のように体調が戻る。一体全体、何だったんだ。病は気から、というこことか。

でも、ホトボリ覚めるまでは、アルコール消毒もほどほどに（苦笑）
何もなかった検査結果に乾杯☆

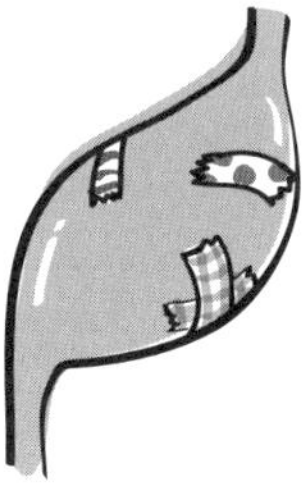

抜けた！ からの濡れ衣《ぎぬ》

半べそで「ママ、ぼくさ、もうダメかもしれない」と言う。

どうした!? 大吟醸。誰に何をされた!? 男なら倍返しだ!! 行って来い！

「ゆれてるんだよ」

心か？

「ポキッてなっちゃうかもしれない」

気持ちか？

歯だ。

数日後、保育園のお迎えに行くと、担任の先生が「お昼に歯磨きしてたら抜けましたよ」と、乳歯を渡してくれた。

つい先日生えてきたと思っていたのに、もうそんな時期なのだ。そういえば、あたしも小さい頃、歯が抜けそうだった時、そのグラグラが気になって、鏡を見たり、舌でツンツンしたりしたなぁ……。物を食べるのも歯を磨くのも、おっかなビックリ、ドキドキだった。

祖母に話すと、「ちょっと待ってなさい」と、おもむろに裁縫箱から糸を取り出し、歯にぐるぐると巻きはじめた。

何をされているのか、何をしようと思っているのか皆目見当もつかず、されるがままにしていると、ふとした拍子にその糸が引っぱられ、と同時に、歯が抜けていた。あまりにもアッという間で、恐怖や痛みを感じているヒマもなく、ばあちゃんてすごいなぁ〜と感動したことを思い出した。

一つひとつ、自分の記憶と重ねながら、大吟醸の成長を感じる日々。

事情が呑み込めず、歯が抜けたことにショックを受けている大吟醸に「今度は大人の歯が生えてくるから、歯磨きもっと頑張らないとね！」

自分が言われたことを、同じように言った。

「下の歯はね、屋根の上に投げると新しい歯がちゃんと生えてくるんだって」

ようやく納得したのか、「じゃあ僕、今度投げる！　ママ、それまでしまっておいてね」

ＯＫ！　大事にとっておくからね☆

ティッシュに包み、確かに机に置いた……はずだ。

な、ない。まさか、いや、それはない。目線をゴミ箱に移しながら鼓動が早くなる。

昨日はゴミの日だ。いや、それは、ないない……多分。


２日後。

「ママ～、今日保育園お休みだから、歯、投げる！」

ギクリ……。

「あ、あの歯ね、ちょっとミルキーが友達に見せたいって持って行っちゃった。早く返してくれないと困るよね～」

大人はうそつきだ。
大吟醸よ、成長しても、母ちゃんみたいにはなるな!
許せ、ミルキー!
完全に冤《えん》罪だ。今夜は反省の禁酒(涙)

悪あがき

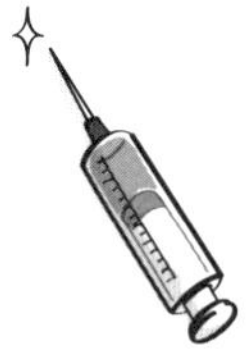

この世で一番怖いものは何か、と問われたら、私は何と答えるか?
「禁酒法!」と思った方!
す、するどい……。
しかし、そんな悪法、絶対に出来ないと信じているので今回はあえて外す。
答えは「注射」だ。

ゴキブリよりも、幽霊よりも、無茶な仕事よりも、何よりも怖い。怖い、苦手、嫌い、ありとあらゆる言葉を使って関わりたくないNO1アイテムだ。
どうしてこれだけ科学や医療が進歩しているというのに、体に針を刺すなんて原始

的なことをするのか、頼むから誰か注射に代わる何かを発明して（涙）
一生のお願い。
過去、一体何度、採血時に目の前が暗くなって、そのうち星が出てきて、気が付いたら、布団を掛けられていたことか……。高熱で病院に連れて行った大吟醸が点滴の針を打たれているところを見てひっくり返り、親子そろってベッドを並べていたこともあった。

先日そんな話を知り合いの医師に話したところ、痛み軽減方法を教えてくれた！

①深呼吸をして息を吐き出す時に針を入れてもらう
（リラックス効果）
②アルコール綿で皮膚を拭いて完全に乾いてから針を刺してもらう
（乾かないうちだと針についたアルコールが皮下に入り痛みが増すらしい）
③注射をする部分を圧迫して手を放した直後に針を刺してもらう
（圧迫した刺激が脳に伝わって痛みの伝達が中断される？らしい）

こんなことで、数十年培ってきた「アンチ注射」が解消されるとは、とても思えないが、やってみて損はないか。もし、もっと簡単に、しかも全く痛みも恐怖も忘れさせてくれるような方法をご存じの方がいたら、是非ともご伝授いただけないだろうか（涙）

一生のお願い。

さて。

かなり前置きが長くなったが（前置きだったんかっ!?）、インフルエンザが流行り始める時期を前に大吟醸と予防接種に行くことを、今年も断腸の思いで決断した。それでも病院の敷地に入るまで、最後の悪あがきをしてみる。

「ねぇねぇ、大吟醸、具合悪くない?」「ないよー」
「お腹とかさ、頭とかさ、痛くない?」「ないよー」
「どれどれ、お熱ないかな〜?」「ないよー」

体調が悪い人は受けられないことは知っている。昔、学校での予防接種で、仮病を使えば受けなくていいことを学んだのだ。しかし、5歳の子供に仮病を使わせることは難しいこともこの年になって学んだ。

……劇団ひまわりにでも入れるかな。

そんな、母ちゃんの情けない姿を前に、大吟醸が頼もしいことを言う。

「ママ、泣かないで出来たら、僕がポルシェ買ってあげるね」

マジで!? ポ、ポルシェ？ ミニカーってなしよ♪

無理せず酒で手を打つぞ。

さておき、そんな大吟醸のココロ遣いに感謝しながら、予防接種、行ってきます（涙）

あるのかないのか緊張感

街が賑やかなクリスマス色になってきた。保育園では発表会が行われる時期だ。

歌や演奏など色々あるが、今年は「おむすびころりん」の劇をやるという。もしや、大吟醸主役の爺さん役か!?

ま、百歩譲って悪い爺さん役でもいいぞ。物語の中ではキーパーソンだ。

もらってきたお便り。

「大吟醸くんの役は、タヌキです」

た、た、たぬき……ですか。母ちゃんのテンション、ナイヤガラ。一気に落ちる。

タヌキって、どうやって演じるんだ!? ミルキー姉さん、演技指導してあげてー（涙）

こういう仕事をしていると、よく聞かれるのが、

「人前に出て、喋ったりして、緊張ってしないんですか？」

あたしだって人間だもの、そりゃ緊張しますって。

「え？ あれで緊張してるんですか？」って、
そんなに緊張感なく見えるか……あたし。それもかなり問題だな。反省。

そもそも「緊張」することは、人間が生きていくために戦闘態勢に入るってことらしい。だから、緊張してもいいのだ。

では、発表会やプレゼンｅｔｃ……その緊張を乗り越えていくにはどうしたらいいのか？

今回は、あたしがやっている方法をご紹介。タヌキだろうが、キツネだろうが、こういう指導ならあたしでも出来るな。

そうはいっても、練習や準備を万全にしておくことは大前提で。
①直前に体を動かす↓ ストレッチ、軽くランニングなど結構効果的！
②直前に大声を出す↓ ヒト様のいないところでどうぞ。

このあたりまでは、よくある方法。で、私が強くおすすめしたいのが……

③頭の中で壮大な音楽をかける→音楽に自分を酔わせる。壮大な音楽であるほど良い。

ちなみに私は「エルガー・威風堂々」「合唱曲・大地讃頌」を頭の中で大音量。

④成功をイメージする→終わった瞬間、観客総立ちで「ブラボー！」号泣しながら拍手、鳴り止まぬアンコール……

アホか、と思われるくらいまで大成功をイメージしてみる。失敗のイメージは絶対NG！

21日（土）クリスマス発表会当日。

うちのタヌキはいつ出てくるんだ……何だ、この緊張。

具合悪い。

お腹痛い。

頭の中で流れてきた音楽は「ベートーヴェン・悲愴」

自分のことじゃない緊張は、どうやって乗り越えればいいのだーっ！

やはり酒か!? いやや、それはダメだ。
あ――――っ。

習い事の力

通い始めて1年半も経つというのに、進級テストの結果が帰ってくると、そこに書かれている文字は、毎回「不合格」。大吟醸が習っているスイミングだ。

先日もまた同じ通知に、かなりへこむ母ちゃん。

なんで？　なんでー？（涙）

代わりに母ちゃん泳いだろか？

そこに本人から発せられたトドメの一言。

「ママ、そんなにガッカリしないで。まぁ、人生ってこんなもんだよ」

そんな悠長なセリフ誰に教わったーっ！

もっと落ち込まんかー――っ！（怒）

蛙の子は蛙、と自分に言い聞かせながら、自分の子供時代の習い事について、なけなしのお金をやり繰りしながら通わせてくれた両親に感謝しつつ振り返ってみた。

・**ピアノ↓** 高校時代「才能がない」と言われ挫折
・**そろばん↓** 1カ月でリタイア
・**英会話↓** まじめにやっときゃよかった（涙）
・**お茶↓**「お嬢様になれる」はずが……どうしたあたし!?
・**書道↓** 草書体で頭がこんがらがりサヨウナラ

あれ？　何ひとつ、モノになっていないじゃないかーっ！
大吟醸の言うとおり、人生こんなものなのだろうか？
軽く絶望しながら、それでも自分を納得させる材料はないかと、色々調べてみた。
（どうやら、あたしは諦めが悪いらしい）

すると、こんな記述を見つけた。

「幼児期は、様々な経験を通じて脳の神経を刺激し、神経細胞の配線を増やしながら複雑な回路を形成していく時期である。この配線が多いほどその後の成長を支える土台がより強固なものになる」

ってことは、ってことは、つまり、色々な経験（習い事など）で子供に可能性の選択肢を与えることは、悪いことではない!?

「とりわけスポーツの場合は、幼児期に上記の神経回路が張り巡らされているほど、どんな種目でも技術取得が早い傾向があるらしい」

ほらきた！

見えた！

「これでも昔はスイミングで何度も不合格でしたよ」なんて言いながら、優勝インタビューを受ける大吟醸の姿、見えるぞ！見えるぞ！

酒だ！酒だ！乾杯だ〜♪

……我ながら、こんな風にすぐに思考回路を変えられるのは、いろんな習い事をさせてもらったおかげなのかもしれないと、ふと思う。

ありがとう、お父ちゃん、お母ちゃん。

化け猫でいいです

ミルキー姉さんの話をしよう。
一人っ子の大吟醸にとっては、大事な姉さんだ。
といっても、かなり年齢が離れていて、ほぼ相手にされていない。
ワガママに加えて、恐ろしいほど気が強い。
過食気味。
女子なのであまり体重は公表すべきでないと思うが、6・7キロ。
色白。
彼氏いない歴12年。
普段は外に出さない箱入り娘なのだが、たま～に脱走する。

その際、散歩中の犬と取っ組み合いをしたこともあるし、男性が嫌いで、家に来た夫の同僚や、大学時代の友人のダンナさんと大喧嘩をして、流血事件に発展したこともある。

そのうち一人は「このバカ猫っ！」と捨て台詞を吐いて帰っていった。

（だって、あたしは一応「やめておいた方が……」って言ったのに、あなたが「僕、猫得意なんだよね～」って気安く触るから……）

ミルキー姉さんが我が家にやってきたのは、大吟醸が生まれるずっと前だ。

最初にも書いたが、大吟醸誕生時、赤ちゃんと猫が共存出来るのか？と多くの人に言われた。

しかし、心配していた噛みつき、ひっかきといった攻撃もなく、今も、二人（一人と1匹）つかず離れずの微妙な距離を保ちながら良好関係を築いている。

猫はよく犬と比較され「忠誠心がない」「自分勝手」などと言われることがあるが、決してそんなことはない。

夜中に地震があると、しっかり知らせてくれるし、

（ただ、母ちゃんの頭を踏んずけながら逃げただけともいうが……）

先日は、明け方、大吟醸がウイルス性胃腸炎で嘔吐《おうと》をした時も心配して寄ってきてくれた。

（ただ、「どうせ早く起きたならエサくれ！」と言いに来ただけかもしれないが……）


2014年2月22日で12歳。

人間の年に換算すれば、あたしなんかすっかり追い越してもう立派なおばあちゃんだ。

それでも依然、食欲旺盛！　更に、日中は部屋の中からカラスを捕まえてやろうと（多分）ダイブして窓に激突したりと、若猫にはまだまだ負けていない。

姉さん、いいぞ！

女とワインは熟成が大事なんだ！


これからも、化け猫になるくらい長生きして欲しいと、心から願う。

大事な家族、ミルキー姉さん、お誕生日おめでとう！　乾杯☆

スキーだっ!

上京した大学時代、初めて出会う人に出身地を話すと、ほぼ100%の確率で、された質問がある。

「そうなんだ~。長野出身ってことは、スキー上手なんでしょ?」

当時はスキー全盛期。

「長野=山だらけ」ゆえに「長野県民=スキー上級者」の図式、都会の人がそう思うのも分からなくもないが、何度も聞かれるうちに、それって誤った認識であることをいちいち訂正するのも面倒になり「ええ、まぁ、人並みに」が定型応答になった。

今はあの頃と、スキーに対する状況が少々変わってきたので、頻度は多くないだろうが、もし、大吟醸がこれから上京して同じ質問をされた時に堂々と「あったり前田のクラッカーっすよ」（古いか）と言えるよう今シーズン、スキーの本格的なデビューをさせてみた。

まずは雪面に慣れさせるため、とにかく滑らせる。

人が少ない場所を選び、上からあたしが背中を押して滑らせ、下でダンナが受け止める。勢い止まらず、二人で派手に転び、大吟醸無傷・ダンナ捻挫という散々な日もあった。

たった1回滑った後、「あ〜あ。疲れっちゃったなぁ。そろそろ温泉行かない？」などと、とても子供とは思えない発言で、母ちゃんの血圧を上げた時もあった。

これだ！とネット通販で新兵器《コーチベルト》なるものを購入（子供の体に巻いてスピードコントロールを手助けするベルト）。

意気揚々と使ったはいいが、一緒に斜面を転がり落ち、やはり大吟醸無傷・ダンナ顔面強打鼻血ブーなんてこともあった。

何回かスキー場に通って、出した結論。

「やっぱ、プロにお任せしよう」で。スキー教室に入れてみた。

さすが。餅は餅屋だ。

たった半日で、これまでどう教えても上手く出来なかった力の入れ方や抜き方、転んだ時の起き上がり方、ちゃんと出来るようになってるし。

何より、本人の気持ちや姿勢が違う。

確かに上達した。

上達した頃に、残念ながら春がやって来る。

そんなもんだ。

シーズンはこれで終了予定だが、きっと体がしっかり覚えてくれているだろう。

そうであるはずだ。

帰りの車の中、「何度転んでも頑張ったね。偉かったよ」

そう話しかけると、ちょっと照れた感じでうなずく。

「また来シーズン、一緒にスキーやろうね！」

今シーズンの出来事を色々思い出し、感傷に浸りながらも、力強く言ってみた。

すると、ボソッと一言。

「ママ、ぼくさぁ、スノーボードやりたい」

これだから今どきの若者は――――っ！

酒持ってこーいっ！

男の涙

我が家の大吟醸は、昔からめったに泣かない子だ。

・**注射を打たれても、泣かない**
（それを見て隣で母ちゃんが貧血でひっくり返っていても）
・**転んで大流血しても、泣かない**
（周りの方がアタフタして涙目でも）
・**お友達と喧嘩して負けても、泣かない**
（そもそも勝てない）

そんな大吟醸が、先日ポケモンのＤＶＤを見ている途中、突然近くにあったクッションに顔を埋めてしまった。……まさか、泣いてる!?

「どした?」と聞くと、目を合わせず顔を真っ赤にして「ぼく、あくびが出ちゃってさ～、ふぁ～」と下手な演技をしながら（子役にはなれんな）必死に、こぼれる大粒の涙を隠していた。

「そっか。あくびしたい時は、いっぱいするのがいいんだよ～!」と言って、そっとその場を離れた。


「涙は女の武器」と言われていた時代は、もう、なんとなく過ぎた気がする。それどころか不用意に流すと「計算高い女」と、反感を買うことが多い。

一方、「男は涙を見せるものじゃない」と言われていた時代も過ぎたような。

賛否両論はあるだろうが、私は、男の涙はキライじゃない。

例えば、スポーツで全力を尽くした後に流す涙（願った結果が出ても出なくても）、結婚式で流す新郎や父親の涙、感動、正義感、義理人情で流す男性の涙は「武器」なんてもんじゃないいくらいズキューンと心を打たれることがある。映画の途中、ふと涙をぬぐうのもありだ。ポケモンDVDの涙もOKだぞ！　大吟醸。
（あ、まてよ。それがダンナだったら少し引くか）

ただし「上司が分かってくれない〜」とか「別れるなんて嫌だ〜」部類の『僕って可哀想でしょ系』の涙や、手が付けられないくらいの号泣は、やっぱり勘弁だ。
要は、勝手ながらお願いできるのであれば、男性には「自分のためにではなく、誰かのために流す涙を、ふとした瞬間に適量」を希望。

ここまで書いて、我ながら思う。
なんか、あたし。ヤな女だなぁ〜。
大吟醸、この手の女には引っかかるなよ〜!!
でも、やっぱり、母ちゃんの言うことも一理あるから、一応聞いとけ〜。
そうそう、酒飲みながらの涙もみっともないぞ〜（あたしか）
男の涙に完敗、いや、乾杯☆

事件勃発！

事件事件！　中澤佳子史上最大事件発生中！
まずい、まずい、本気でまずい（涙）

大吟醸が通う保育園では、春と秋2回の運動会がある。

ある日のことだ。お迎えに行くと、担任の先生が近づいてきて、「あのぉ……」と、申し訳なさそうにしている。

何かと思って構えると、探り探り……という感じで、こんな話を切り出した。

「今回の運動会なんですが、保護者リレーに出て頂きたくて。いかがでしょうか？受けて頂けるでしょうか？　大丈夫ですか？」

やだぁ、先生！　そんなこと？　深刻な話かと思ってびっくりしちゃったじゃないですか！

「了解です！　わっかりました～！　お任せください！」と二つ返事。


さぁ！　来ましたぞ！

日頃から「俺の存在感って薄いよなぁ」と嘆いていた父ちゃん、出番だ～☆

ガツンと走って大吟醸に父親の威厳見せる、またとない、ビッグチャ～ンス到来！

早速「運動会のリレー頼まれたんだ～！　よろしくね～！」と話すと、

「あーっ！　その日どうしても仕事なんだよ～、行かれない！　ごめん！」

へ？　ご、ごめんて……、ちょっと、あーた、何ぬかしてますの？

あたし!?　あたしは無理よっ！　絶対無理！

「大丈夫だって」

無理――――っ!!!　こんな年寄りを走らせるんかっ！　鬼っ！


やんやと言い合いをしているところにやってきた大吟醸。

「パパ、ママ、どうしたの？」

すると、ここぞとばかりに

「なぁなぁ大吟醸、ママの年っていくつだったっけ？」「28歳だよ」

「だよな～。いつもママ自分でそう言ってるよな。パパはもう40過ぎてるから28歳ってまだまだ若いよな！」「うん！」

「まだ若いから、ママ、リレーに出ると、きっと早いぞ！」

「リレーに出るの？　ママすごい！　頑張ってね！」

…………。

この、悪魔オヤジ。

罪状：年齢詐称

なによぉーっ！

たかが、子供に10ウン歳若く申告したからって、どうして、こんな罰を受けなきゃいけないわけ？

わーん（涙）

もう、嘘はつきません、だから、あたしの代わりに、誰か走って〜！　一生のお願いっ！

罰として、今夜はお酒飲みませんから〜っ！

（今夜だけね。あ、ダメ？　じゃあ今日明日2日間！）

だれかーー！　助けてくださいっ！

サッカーVS

紛れもなく、天は二物を与えたのだと思う。多くの女子の流れに逆らわず、あたしも大好きだ。
アイドル顔負けの甘いルックスに、きらりと光る汗☆
足元で跳ねるそのボールに、何度なりたいと思ったことか……。

ドイツ・ブンデスリーガ・シャルケの試合は欠かさずチェックする。
あたしが「うっちー、うっちー」とあまりにも騒ぐので、大吟醸も「僕もうっちー大好き！」と内田篤人選手（サッカー日本代表）がテレビに映ると二人でキャーキャー言うようになった。

W杯も手伝って、大吟醸のサッカー熱は、以前にも増して高まっている。

その状況に危機感を覚えたのは、夫だ。夢は、大吟醸を野球選手にすることらしい。

先日、プロ野球交流戦首位攻防戦のチケットを、頑張って取ったとのこと。

「本物を見せれば、心は野球に傾くはずだ!」という作戦か?

サッカーにすっかり心奪われているものの「そういえばジャイアンツファン」のあたしとしても、結構願ったり叶ったりの休日になる。


東京ドームの雰囲気は、やはりいい。

テレビやラジオでは感じることのできない迫力を、全身で味わえる。球場全体を見渡せるため、色んなポジションの選手を同時に見ることが出来、試合を多角的に楽しめる。

そして、何と言っても音だ。ボールがミットに収まった音、バットに当たった音、気持ち良くそろった応援の声……。

初めての球場に、大吟醸も大興奮だ。瞬きもせず、キョロキョロと周りを見回す。

ワクワクドキドキしている気持ちが、体全体から溢れ出している。そんな大吟醸を見て、夫は満足気に色んな説明をする。


いよいよ試合が始まり、ヒットを打った選手が走る。

すると、大吟醸が言った。

「ねぇママ、今のオフサイドでしょ?」

ソフトバンク1回の表の攻撃が終わると、こうも言った。

「アディショナルタイム何分?」


夫の生気を失った顔といったら……。見るに堪えない。

しかも、だ。

3回終わったあたりであくび連発。そのまま夢の中へZZZ。

さすがに絶望感を抱いているだろうなぁ……と夫に同情しながら、ふと横を見ると……。

ZZZ……。

あんたも寝てるんかーいっ!!

この親にして、この子ありだな。

こうして、あたしは、後ろに座っていたおじちゃん達と、ビールをグビグビ飲み、「しんのすけーっ!(阿部選手)ここで打てないなら、もう辞めろーーっ!」などと野次を飛ばしながら、熱く応援するのだった。

どうにもこうにも、

・駅で傘を振り回すオジサン

・家庭を顧みず土日出掛けるオジサン

みたいなイメージが私の中には出来上がっていて、一生やらないと思っていた。が。

何をどう思ったか、自分のどこにそんなスイッチがついていたのか、今更感バリバリだが、「ゴルフ始めました♪」

自己流になっちゃうと、後になってなかなか修正出来ないよ～

せっかく始めるなら、ちゃんとした先生に習った方がいいよ～

と多くの方からアドバイスをもらい、レッスンに通うことになった。

しかし、だ。

ほんとのホントに、全くの初心者につき、早速つまづいたのは、会話に出てくる「ゴルフ用語」だ。バーディくらいならかろうじて分かる。アルバトロスって何だ?花の名前か?(それはアルストロメリアだ)

先生が言った。

「彼はね、シングルなんだよ、すごいだろ!」

ふむ。理解出来なくとも頷いたり相づちを打ったりするのは得意中の得意だ。

「まぁ! そうなんですか。すごい!」

自分の中の解釈では《シングル=独身者→家庭に縛られず沢山練習が出来る→すごく上手な人》。

後に、ゴルフにおける「シングル」の意味を知り、

「そうですよね~、やっぱりシングルじゃないと休日は家族サービスとか、時間色々

と取られますものね〜」と、トンチンカンなことを言わなくて良かったと、冷や汗。さておき。


せっかく始めたゴルフ。

グリーンデビューを夢見て、レッスンのほか、早起きして庭で一人素振り練習してみたり、家の中では、鏡を前にクラブを構えて姿勢なんかを見たりしている。雨の日、傘を手にした瞬間、あぁなるほど……と、駅のホームのオジサンの気持ちが、ようやく分かるようにもなってきた。


そんなある日のことだ。

クラブを手にしていたあたしに近づいてきた大吟醸が「僕にもかーして！」と言ってきた。

「おおっ！ ゴルフやります？ 石川遼くんみたいになってくれるっていうなら、母ちゃん、先行投資惜しまなくてよ!!」

すると、ゴルフバッグからクラブをありったけ取り出し、部屋に四角く並べ始めた。

？　はて？　何を？　と思った瞬間、サッカーボールを蹴り出す。

サッカーコート作るな――――っ！

「タッチライン割った～」って、ぎゃーっっ!!　クラブ踏むな――――っ！

「ママ、一緒にサッカーやろ～！」やるか――っ!!!

ミルキー姉さん、助けてーっ！

独身貴族

この夏、私は独身になった。あ。8月11日～16日の期間限定で。
というのも、6歳になった大吟醸は夏休みで実家へ行き、夫は仕事で不在。
どうする!? あたし!?
何する～? 何して遊ぶ～♪
毎日仕事帰りに飲み会入れちゃう? 朝まで飲んだくれちゃう? 歌いに行っちゃう?
いやいや、どうせだったら、若い子に合コンとか連れてってもらっちゃう～?
1週間ほど、アホな妄想を繰り返した。
で。決心。

いや、一人の時間を楽しもう！

会社帰りに美味しいワインを買って、家路に着く。誰もいない部屋は、いつもとは全く違う空間に見える。


お風呂にゆっくり入る。

（そういやこの頃、湯船に3分以上浸かった記憶がない）

照明を消しキューブライトを湯船に浮かべ、アロマをたく。

（ホントの独身時代、トレンディドラマを見て真似しようと買ったまま押し入れに眠っていた物を引っ張り出して初使用！）

顔パックをして、

（大吟醸が見たら、お化けだー！って泣き出すな、きっと）

録り貯めていた映画を見て感傷に浸る。

（ドラえもんじゃない、ポケモンじゃない、本物の人が動いてるぅ……ううう）

買ったまま放置していた本を読む。

ピアノを思う存分弾く。

心静かに書道なんかもしてみた。

誰にも邪魔されない一人の時間の、なんと贅沢なことか。


多くの人がこう言った。

「3日もすれば飽きるよ」「子供と会いたくて淋しくなるよ」

う～ん。それが、飽きない。淋しくならない。

「なんてひどい母親！」と言われる前に、言い訳を考えてみた。

今、「空の巣症候群」を発症する母親が増えているという。子供が独り立ちする時期に、家庭という巣に取り残されたような空虚な気分になり、無力感や不安感などに襲われる症状だ。

「こうならないために、今から少しずつ考えてるんです、あたしも」って。

1週間が経ち、何事もなかったかのようにまた日常が始まった。

やんちゃ盛りの大吟醸を、なだめ、怒り、時に褒め。洗濯物を干すために離れたキッ

チンで焦げる炒め物にギャーギャー言いながら「ママ〜！　サッカーしよ〜！」と
ご飯途中で言い出す口におかずを詰め込み、時計の針と闘う。
でも、ふと、これはこれでいい時間なんだろうなぁ、と感じたりもして、頬が緩む。

さて。今回、はっきり分かったことが一つ。
どんな高いお酒よりも、1日の終わり、バタバタと大吟醸を寝かせた後、こっそり
飲むお酒の味が、実は一番美味しいってこと。乾杯☆

大人と妖怪

こんなあたしでも、時に、ものすごーく落ち込むことがある。

どうしてあんなことしちゃったかなぁ……

何であんなこと言っちゃったかなぁ……

ある程度行き当たりばったりで生きているため、あまり後先を考えず、勢いで進んで後悔することが多い。反省はするし、同じ過ちは二度とするまい、と心に誓うが、それが100%生かされたためしがない。

要するに、学習能力がないのだ。あたし、情けないな（涙）

今、子供たちを魅了して止まないアイテムがある。

「妖怪ウォッチ」だ。

大吟醸も、ご多分に漏れず、寝ても覚めても「妖怪妖怪」。おかげであたしも、随分詳しくなった。

アニメは少しシュールで、くすっと笑える。妖怪のネーミングなどもセンスがあり、大人でもけっこう楽しめる。この辺り、親子で取り込むべくうまく戦略を立てているんだろうなぁ……。

さすが！ と感心してしまう。

その「妖怪ウォッチ」によると、この世で起きる不可解なことは、大抵、妖怪のせいだという。

朝が眠いのは、妖怪のせい。

好きな子に振られたのも、妖怪のせい。

余計なことを言ってしまうのも、やる気が出ないのも、逆に迷惑なほど情熱的になってしまうのも、全部妖怪の仕業。

なんとまぁ、都合のいい話。

夜、おもちゃで遊び始めた大吟醸がなかなか寝ない。

「こらっ！　もう遅いから寝なさいって何度も言ってるでしょ！」と怒ると
「僕に言わないで妖怪に言ってよ」と、しれっと言ってのけた。埒《らち》があかない。

でも、待てよ。その考え、拝借！

えーと、例えば。

ニュース原稿を噛んだのも妖怪のせい。

取材先でうまくレポート出来なかったのも妖怪のせい。

ええい、もっといっとけ！

顔にしわが増えてきたのも、衝動買いしたのも、何だかイライラするのも、妖怪のせい。

こんなに落ち込んでいるのも妖怪のせい。

すべては、妖怪の仕業なのだ。そうなのだ!!

…………。

大人は、その妖怪の正体が、本当は自分であることを知っている。

それでも、少しの間、知らないふりをしてみる。その妖怪が、自分から去ってくれるまで。

今夜、お酒を飲み過ぎるのも、妖怪のせいなのだ。

子供の活躍と心臓

先週、衝撃のニュースが流れた。
フィギュアスケート高橋大輔選手の引退報道だ。
2007年シーズンのショートプログラム「白鳥の湖ヒップホップVer.」でその魅力の虜《とりこ》になってから、はや7年。
あの華麗なステップに毎冬、ズキューン♥バキューン♥やられていた。

寒くなる時期にやって来る、あたしにとっては、「季節の王子様的存在」だったのに、冬の楽しみが一つなくなってしまった――――（涙涙涙）
と、ショックでヤケ酒するあたしをなだめてくれたのは、大吟醸だ。

「しょうがないでしょ、ママ。じゃあ、僕もスケートやってあげようか？」

いつの間にか、そんなことを言ってくれる年になった。

「ありがと」

そう言いながらテレビを見ると、高橋選手の横に着物姿のお母さんがいた。

華やかな舞台で活躍するスポーツ選手。年齢を重ねたせいか、最近は選手以上にそのご両親に思いを馳せることが多い。


長野市出身で、現在シードでツアー参加しているプロゴルファーの塚田陽亮選手。SBCのラジオ番組「情報わんさかGOGOラジオ らじ☆カン」にレギュラー出演してくれている縁で、何回か試合を見に行く機会があった。

ご両親が応援に来ている。

ところが、せっかく会場まで来ても、お母さんは、最初のホールを見た後、途中は観戦せず、最終ホールで4時間近く待つ。

「とてもじゃないけれど、ドキドキしちゃって見ることが出来ないのよ」と言う。

だからといって家のテレビで応援、ではなく、少しでも息子の近くにいて、一緒に試合の空気を感じながら、誰よりも強く祈り、精一杯の気持ちとエールを送る。

その合間には、応援するファンにお礼を言いながら何度も何度も頭を下げる。


スポーツ選手の親は、子供が誇らしく、その活躍を誰よりも嬉しく思う時間以上に、どれだけ心がえぐられ絞られるような苦しい体験をするのだろう。

スランプの時や、怪我をした時、一体どんな声をかけているのだろう。

アスリートはすごい。

でも、近くで寄り添い、遠くで見守る親や家族は、もっとすごいと思う。


つくづく、思った。

大吟醸、凡人でいいぞ〜。

そりゃあ、大吟醸が、NYヤンキース4番でホームランを打つ姿、ACミランでゴールする姿、ウィンブルドンでジョコビッチ破って優勝する姿、着地をピタッと決めて体操世界選手権で金メダル取る姿、母ちゃんは色々想像しちゃうけどさ。

いやいや、大吟醸、凡人でいい。
だって、そんなの、あたし心臓いくつあっても、モタない。
……肝臓、もっとモタない。
無用な心配か（苦笑）

トイレを攻略せよ

11月10日は、結婚記念日だった。

そういえば……と、忘却の彼方だったが、実は今年初めて知ったことがある。11月10日は「いいトイレの日」なのだそうだ。

軽く衝撃。トイレの日に結婚したのか、あたし……。水に流そう。

トイレと言えば、先日。

保育園の面談があり、先生がこう言った。

「大吟醸くんは、和式のトイレって使えますか?」

へ?

聞くと、今、トイレのほとんどが洋式になり、和式を使えない子供が増えているとのこと。

ところが、まだ小学校は昔の和式タイプが多く、うまく使えない子供が我慢して膀《ぼう》胱《こう》炎になったり便秘になってしまうケースがあるらしい。

面談の最後、「来年小学校に入る前に訓練をしておいてくださいね」と言われた。

にわかに信じられない話だが、これも時代なのだ。

かくいう我が家も、トイレは当たり前のように洋式で、練習にならない。早速、大吟醸を連れて、近くのスーパー、家電量販店、コンビニに行ってみる。色んなお店のお手洗いを拝見させていただくも、見事なまでに、ない。

和式なし。

これまで、そんなこと気にもしなかったけど、今、ホントにないんだ!!

ふと思い浮かんだ高速のサービスエリア。

ドライブがてら、出かけて入ってみると、たくさんの洋式が並ぶ中で隅っこに一つ和式発見!!

ささっと二人で入り、コソコソ練習し始める。

「反対反対! 向きが違う～! 足、もう少し前! 前～!」

「出来ない出来ない～! 何にも出ない～!」

「それでも出すの～!」

「あ～! はみ出ちゃう～!」

「ぎゃ～ ぎゃ～」

コソコソのはずが、バカ親子のバカ会話は、トイレ中に響き渡り……。

海外に行くと、心から思う。

日本のトイレの素晴らしさ。

素晴らしく進化しすぎちゃって、完全に置いてけぼりの和式トイレ。

しみじみトイレを思いながら、大吟醸のリビングでのエア和式トイレ練習風景を見ながら飲むお酒の味の、なんと複雑なことよ……。

友へ

先日、突然、大学時代の友人のご主人からハガキが届いた。

「妻が亡くなりました」の一文に、心臓が止まりそうになる。

パニックになりながら、ご主人と連絡を取り、その事実を知った。

友人は、40代にしてようやく授かった第一子を産んだその日に亡くなった。「羊水塞栓《そくせん》」という、羊水が体内に入り血液が固まらなくなってしまう、何万人かに一人という症状だった。赤ちゃんに授乳することも、抱くことも、顔を見ることすら出来ずに旅立った。

涙が止まらない。後から後から溢れた。

ご主人や、産まれたばかりの子供を残していくこと、どんなに無念だったろうと、胸が張り裂けそうになった。

しばらくは、辛くて切なくて、涙ばかりだった。

それでも、こんな私を見たら、彼女はきっと「ちょっとぉ、いつまでもメソメソしないっ！ハイ！仕事仕事！」と笑いながら言うだろう。

いつも笑顔で明るい彼女は、みんなのムードメーカーだった。

年が明けたら、お線香をあげに行かせて頂くことにした。

その時、彼女の子供に20通の手紙を書いていこうと決めた。

命を懸けて君に命を授けてくれた、君のお母さんは、みんなにとってどんなに大切な友人だったか、どんな風に私達を笑わせてくれたか、どんな場所に一緒に遊びに行って、どんな美味しいものを食べて、どんな勉強をしたか。たまには授業さぼって、たまには女子寮の門限破って、たまには飲んだくれて、たまには……。

20歳まで毎年、君のお誕生日に1通ずつ読んでもらえるように。

何の責任も感じなくていい。ただ、君のお母さんが、どんなに素敵な女性だったか、少しでも感じてもらいたくて。

メソメソしていると、心配そうに大吟醸が近づいてくる。6歳の子供にも分かるように、説明をした。すると「いいお友達だったんでしょ？そしたら、天国に行くから大丈夫だよ」。

溢れる涙と同時に、大吟醸を抱きしめる。

何があっても、私は、生きる。彼女の分まで、しっかり、子供に愛情を注ごう。

そう誓った。

大吟醸が続けて言った。

「ママ。気を付けてね。お酒いっぱい飲んで酔っ払ってばっかりいると、天国行かれなくなるからね。地獄に行っちゃうからね」

う……。

どこで得た？　その誤情報。

友を偲《しの》び、献杯。そして、友が残した大切な未来に明るい希望を。乾杯。

年明け、この1年を占うべく、善光寺へ行っておみくじをひいた。

結果発表!!

・夫↓凶

・大吟醸↓末吉

・あたし↓凶

うそぉ……　新年早々、絵にかいたような不幸一家!?

凶って滅多に出ないいんじゃないいの？　それ夫婦で二連発って、大丈夫か!?

ま、たかが、おみくじだし、気を付ければいいことだし〜

な〜んて言ってた翌日。

い、痛い……、何、この激痛!?

寝ても覚めてもお酒飲んでも痛い。

(おかしいな、たいていの痛みは酒で解決するはずなのに……)

原因は、左下の肉を破り顔を出し始めた「親不知」だった。

「衰え」などの言葉が似合ってしまうこの年になって、いやいや、まだ成長する部分があるのか! と、ほんのちょっぴり嬉しくもなったが、夫に、「年取って歯肉が後退したから出てきたんでしょ」と言われ、精神的に痛みが増す。

(他人事のように言ってるけどさ、あーたもおみくじ「凶」ですからね! お気を付けあそばせ(怒))

早速、歯医者に飛び込み、親不知2本中、まず1本を抜いてもらう。やっぱりお医者さんはありがたい。そうして、痛みも忘れかけた頃。

今度は突然、声が出なくなった。

本当に全く、嘘みたいに声が出ない。

アナウンス部をインフルエンザがものすごい勢いで襲っていた時期で、まさか!?と思ったが、熱もなければ喉の痛みもない。風邪の症状もない。

すぐに耳鼻咽喉科に飛び込むと「急性声帯炎」の診断。しばらくは喋らないように!と言われるも、仕事上そういうわけにもいかず、「明日までに声が出るようにしてください!!」と懇願。総合病院を紹介され、強めのステロイド系点滴を打って頂き、なんとか出るように。

もしやこれが「おみくじ・凶」の威力か!?

新年早々、病院を渡り歩き、健康であることの大切さを実感。

各病院では「完治するまでお酒はダメですよ〜!」と、釘を刺され。

うっ。それ、辛い。

アルコール消毒ってわけにはいかないのか(涙)

善光寺でしてきた「今年も美味しいお酒が山のように海のようにたくさん飲めます

ように♪」とのごきげんなお願いを「やっぱ健康第一でお願いします」に修正しに行こう（涙）

散々な年明けだ。


そんな中、嬉しかったこと一つ。

ヒドイ声のあたしに大吟醸。「ママ、僕の声と、とっかえてあげようか?」と。

優しい気持ちにウルウルしていると「でもちゃんと返してね。そんな声じゃ、僕生きていかれないよ」

………。

しばらくはお茶で乾杯（涙）

ラブレター

恋する乙女にとって「2月＝特別な月」ってのは、今も昔もそれ程変わらない（と思う）

14日・聖バレンタインデー。

高校時代、好きな男の子に渡そうと、生まれて初めて手作りしてみたことがあった。

今でも摩訶不思議なのだが、どこをどう間違えたのか、夕方から作り始めたチョコは、規定時間の夜になっても固まらず、更には、朝になってもドロドロのままだった。

苦肉の策でクッキーを買い『これね、付けて食べるチョコなんだ～』と言って渡すと、ホワイトデーにエプロンのお返しをもらった。

さすがに当時乙女だったあたしはシュンとなったが、今考えてみればなかなか面白いセンスのあるお返しだ。

あ。ちなみに、もちろんその後、なんら進展なし。以来、手作りはしていない。

苦い想い出はさておき。先日、東京の知人から送られてきたメールにこんな記述が。

「幼稚園の女の子、おませさんが多くて。うちの息子、義理チョコレベルだけど、毎年沢山もらってくるのよ〜。でも結局、お返しとか面倒で。大吟醸君は？」

むむむ。さすが都会。

大吟醸は、生まれてこの方、母ちゃん以外からもらったことがない。ま、そんな、チョコなんて、まだ保育園児なんだしさ。バカバカしい。

な〜んて言いながら、バレンタイン前日13日（金）保育園バッグをスカスカにして行かせたバカ親なあたし。夕方、帰り道、ドキドキしてバッグを開けてみる。

ドキドキ……。

空〜!! ですよね〜。ははは（苦笑）

ところが。

「ママ、僕、友達からお手紙もらったんだ」と言うではないか！

「だっ！誰誰っ!? ○○ちゃん？ △△ちゃん？」テンション一気に上がるあたし。

「□□くんだよ。ほら、これ見て！」

お、男の子ですか。軽くガッカリしながら、そのお手紙を見せてもらうと。


「あいうえお　かきこけこ　さしすせそ……」

50音練習かいっ！

でも、ありがとね。一生懸命書いてくれたんだね。


大吟醸は、そのお手紙を大事そうに自分の箱にしまっていた。

いつか、女の子からチョコやラブレター（って、今は手書きなんてしないか。メールか？ LINEか？）をもらうことがあるだろうか。

そんな日が来ること、嬉しいような淋しいような。

あたしは、どんな気持ちになるんだろう?
そんな日は、どんなお酒の味なんだろう?
少し未来に思いを馳せながら、とりあえず今日も……飲んでおきますか。

大失態の卒園式

卒業ソングがテレビやラジオから流れる。
新しい何かに向かって踏み出す前の、ちょっぴり淋しい時間も流れている、3月はそんな季節だ。

我が家も、大吟醸が卒園を迎えた。
まだ0歳だった頃からお世話になった保育園。あたしの顔のシミやシワが増えたように、出来ることがどんどん増えていった6年間。おむつが外れ、一人でご飯を食べられるようになり、お友達との関係を築き、先生の話を正確に伝えてくれるようになった。

感謝の気持ちを込めて臨んだ卒園式。ところが、ここであたしは、まさかのありえない大失態を犯す（泣）

その日の朝。

いつもより早起きをして準備を始め、華やか目のスーツに袖を通し、念入りにお化粧し大吟醸と二人で保育園に向かう。何か違和感がある気がするものの、この時点では、まだ気付かないアホ親。

保育園に到着し、みんなを見て「ハッ！」↑心拍数急激上昇!!


えーーっ！

みんな正装してるーっ!!!


以前のお便りに「卒園式は園服を着用。その下は自由」と書いてあったので「自由＝普段着」を着せて来てしもたーーーああああああ（叫）

上から園服を着ているため、分からないと言えば分からないが、男の子の多くは半ズボンに白や黒のハイソックス。対して、大吟醸は長ズボンに星の入ったご機嫌☆な靴下。

あたしはこんなに着飾っているのに。

あぁ（涙）大吟醸、このバカ親を許しておくれ。

罰として断酒するから（2日くらい）

あまりの大失態に、後から後から涙が出る。

ええ。良い日この日、あたくし、皆様と違う意味の涙を流しております。

「全く分かりませんよ〜」「大丈夫！　大丈夫！」

優しい先生やママ友が慰めてくれる。本人も、周りも全く気にしていないことがせめてもの救いだった。

色んな意味で泣いたものの（恥）、そうはいっても大きな感動と共に終わった卒園式。

先生、お友達の皆さん、本当に6年間ありがとうございました。

保育園で耕して頂いた土にこれから色んな種をまき、しっかり花を咲かせていかれ

るよう、親子共々頑張ります（特に親）
と、感動のお別れをした翌日。
「おはよ～」と、何事もなかったように保育園へ（笑）
そんでもって、本日は、謝恩会。今度もきっと涙のお別れを。
で、月曜日はまた普通に保育園へ（笑）
3月31日まで、今年度ギリギリのギリギリまで利用させて頂く一部保育。
最後の最後までお世話になります。
ありがたや～、働く母ちゃんの強い味方！
保育園に乾杯☆

さよならミルキー

桜の便りがいつもより早かった２０１５年の４月。
我が家では大きな出来事が二つあった。
一つは、大吟醸ついに小学校に入学！
そして、もう一つは、哀しい別れだ。

今回は後者についての話。

彼女は13年前、我が家にやって来た。

全身真っ白で、一見、気品にあふれるおっとりお嬢様かと思いきや、わがままで恐ろしいほど気が強く、犬との喧嘩《けんか》歴も持つ。

これまでにも何度か登場している愛猫ミルキーだ。

4月に入り急激に体調が悪くなり、病院に駆け込んだところ、肺ガンで余命2週間を宣告された。もう治療は出来ず緩和ケアしか残されていなかった。そして、本当に2週間後旅立った。

ペットを飼っていない方にとっては、理解はなかなか難しいかもしれないが、私にとっては、かけがえのない存在だった。

家族以上の家族だった。

私が家に帰ると必ず玄関まで迎えに来てくれた。

（ご飯が欲しいだけだろうけど）

冬は一緒にお布団で寝た。

（寒かっただけだろうけど）

お酒にも付き合ってくれた。

（おつまみのおこぼれ狙いだろうけど）

仕事の愚痴も聞いてくれた。
（「猫」耳東風だろうけど）
誰にも言えない私の秘密もいっぱい知っている。
（これは墓場まで持ってってもらわないと）
ここだけの内緒話だが、ダンナよりもよっぽど大きな存在だった。
（ダンナ、すまん）

辛い。
本当に、辛くて切ない。
身が引き裂かれる思いだ。
思い出すと涙があふれてしまう。
正直、まだ立ち直れない。
軽度かもしれないが、ペットロス症候群だと思う。
それでもやはり救いは大吟醸だ。

毎朝「ママ！　みーちゃんにご飯ご飯！」と遺骨の前にお水とエサを運んでくれる。
手を合わせる。
何か言っている。
「みーちゃん、天国でね、どんなに嬉しいことがあっても、哀しいことがあっても、
いっぱいお酒飲んじゃいけないよ」
うっ。この息子、親のどういう背中見て育ってるんだ……。
頼む、ミルキー、この息子の誤解をといてやって～！
いつかまた会える日まで。ありがとう。愛猫ミルキーへ。

酒との関係

ぶちっ。

「痛っ」「あれ？　おかしいなぁ……また黒いよママ」

ぶちっ。

「い、いてっ！」「また違う、ダメだ、ぼく取れないよ（涙）」

無残に床に十数本もの髪の毛が散乱する。おぉ〜！　ちょっとしたホラーじゃん。

先日、会社で、ヘアメイクさんに「佳子さんってすごいよね〜！　この年で白髪がないなんて、若いわ〜！」と褒められた。

優しいなぁ……そこしか褒めることが出来なかったんだろうな……と、思いながら

もやっぱり嬉しくて、すっかり気を良くしたあたし♪

ところが。

お休みの日、ご機嫌に鼻歌なんか歌いながら合わせ鏡を使って後ろ髪をかき分けて見ると。白い毛1本発見っ！ ひぃ──っ！（叫）

「こやつ、許せぬっ！ 成敗じゃー！」と、大吟醸に頼んで、根こそぎ抜き去ってもらうことに。

で、冒頭の話に戻る。

「だから、白いの一つあるでしょ？ それだけをグッと摘んで、ピッて引っ張るの！ もぉーっ、そんなことくらい、どうして出来ないのっ！？」

「だってぇ（泣）こっち？」

「黒いのじゃないっ！ 白い毛！」

「どっち？ 白、二つあるんだもん」

「な、な、なぬーっ2本!? まとめて引っ張れーっ!!」

ぎゃーぎゃー言いながら二人でやっていると、傍で見ていたダンナが一言。

「取り込み中悪いんだけど。白髪がないってことは、苦労してないってことだから、逆にあんまし自慢にならないいんじゃない？」

ちょっと待ったー（怒）何ですってっ！　あたしが苦労してないとでも!?

『白髪＝苦労の証』って、んなもん、どこに科学的根拠あるわけ!?

ムキになったあたしは、パソコンの前に座る。

「白髪　原因」↓ＥＮＴＥＲボタンぽちっ。

検索結果に出てくる【酒】の文字。

は？

・適度なお酒は頭皮の血行をよくするが、過度な飲酒は白髪の原因になることも

・飲み過ぎも白髪に影響か？

・白髪の原因の一つに、度を超す飲酒

……ぱたん（↑ＰＣを閉じる音）

見なかったことにしよう。白髪に深入りすると、墓穴掘りかねない。

そうです～。

あたしは苦労知らずの女です～♪

今夜も苦労知らずに飲み明かします～♪

で？　それが、なにか？

言い訳の行方

よく目にする、何か問題が起きた時や不祥事後の「謝罪会見」。

きちんと経緯を説明し真摯に謝る姿には、納得以上に、かえって好印象を受ける場合もある。

一方で、苦しい言い訳が始まると、火に油……ということもある。

大声で泣きわめく議員さんや開き直って逆切れすらしていた作曲家さん。

言い訳は見苦しい。こうはなるまいと思ったのは私だけではないと思う。


ところが。

近頃の大吟醸ときたら、「だって」が多い。つまり言い訳が多くなってきたのだ。

「早く宿題やっちゃいなさい！」

「だって～、トイレ行きたいんだもん」（2分前に行ったでしょうがっ！）

「お片付けしなさいって言ったでしょ！」

「今やろうと思ってたんだもん」（到底信頼できない言い訳っ！）


そんなある日。

我が家のガスコンロが壊れた。10年選手だ。これまでよく頑張ってくれた。早速修理に来てもらう。

「ではちょっとコンロの鉄板自体を取りますね」と手際よく外すと、そこに現れたのは、見るに堪えない汚れ!!

目につく部分は、修理のお兄さんが来る前に、そりゃあもう、いつもでは考えられないくらいものすごーく頑張ってお掃除してピカピカにしておいただけに、あまりのギャップ。

そこからのあたしときたら、必死だった。

「違うんです！」（何が？）
「この前お掃除しようとしたら、子供が熱出しちゃって」（まさかの大吟醸ダシ!?）
「その後、バタバタしてたら……」（してたら？）

そんなあたしをよそに、修理のお兄さんは、ものすごく冷静に
「で。いつ頃から着火しなくなったんですか？」

ふと、我に返り、ドーンと気持ちが沈む。
何という見苦しい言い訳。
こんなあたしが、どうして大吟醸を、いや、あの議員、あの作曲家を非難出来ると
いうのか。
嗚呼、情けない（涙）
その夜、ひっそり飲みながら大いに反省した（涙 涙 涙）

次の日。

「テレビはご飯の後って言ったでしょっ！」

「だって〜、まだご飯熱くて食べられないんだもん」

「言い訳ばっかりしてるんじゃないのっ！」


あ……。

「せんせーい！　出来ました～！」

「せんせーい！　出来ませ～ん！」

「せんせーい！　せんせーい！」


どんだけ広い会場で、なんの宣誓をする練習だっ⁉　ってくらい、右から左から男の子とも女の子とも分からないような「せんせーい！」と、大きな声が交錯する教室。

ひと際うるさいのが、まさかの大吟醸。

なるほど、そうか。

よく声を枯らして学校から帰ってくるのは、こういうことか（恥）

しかし、それ以上の大きな声で、その場を制す。「分かったから！　順番っ！」
先生、御同情申し上げます（涙）
保育園や幼稚園の時より色々な事に興味を持ち、新しいことを吸収し、自己主張もし、でもまだ空気を読み切れるほどは成長していない、結構面倒な小学1年生の1学期。それをまとめ上げる担任の先生は大変だ。

先日の参観日。
給食の準備から、清掃、休み時間、そして授業と、色々見せてもらった。
そこで強く感じたのが「家庭でのしつけの大切さ」だ。
団体生活の中では、今どういう場面なのか読める力。
周りに歩調を合わせる事の意味。
自分だけじゃない、他の人の事も考えられる想像力。
学校任せではなく、親がしっかり教えていかないといけないんだと、改めて思った。
大吟醸よ、今日から母ちゃんはビシバシいきますわよ！

授業は七夕の飾り作り。短冊が、子供に1枚、保護者に1枚配られる。

『サッカーの選手になれますように』

『お姫様になれますように』

笹の葉に子供らしい可愛い願いの書かれた短冊が揺れる。

その隣には保護者の短冊。

皆さんどんなこと書いているのかしら？

どれどれ。チラ見。

『家族が健康で暮らせますように』『世界が平和でありますように』

『子供がみんなと仲良くできますように』『良いクラスになりますように』

ま、まずいっ!!

そんな大人な言葉が並ぶ中、力強く『宝くじ絶対5億円当たれ！』と書いたあたし。

一番空気読めてなくて、自分勝手で、常識無くて、周りと歩調合わせてないのは……。

あたしだ―――っ！　許せ！　大吟醸!!（涙）

こんな母ちゃんを許してくれ―――っ！（涙）

せんせーい！　せんせーい！

……もう1枚、紙下さい（涙）

乙女(?)の恥じらい

この年になってなお、初体験があるから人生面白くて……辛い（涙）

先日、生まれて初めて「蜂」に刺された!!

夫の実家の玄関で、靴を履こうと屈《かが》んだ瞬間、

「痛――――っ!」

これまでに味わったことがない激痛が走る。とっさに痛みが走った部分をたたくと、
蜂がひっくり返って落ちてきた。


一人、大騒ぎしていると、夫と大吟醸がやって来て、さらに騒ぎは拡大。

「え？ マジで!? 蜂!? まずいよ、それ。病院にすぐに行った方がいい！」と焦りながら言う夫の横で、ズボンを下ろし始める大吟醸。

なに？ なにっ!? 何してるのっ!?

「蜂に刺されたらおしっこかけるんだよ！ おばあちゃん言ってた！ 早く！ 僕ちょうどおっしっこ行きたかったから！」

ひぃぃぃやめて――――っ！

つーか、それ誤った俗説ですから！ 頼むよ、ばーちゃんっ！

「どこ刺されたの？ 見せて見せて！」二人の大声が響く。

「ここでは無理っ！」

「何で!?」

な、何でって……いや、そのぉ～、刺された場所が悪いのだ。

どんだけエッチな蜂か知らないが、屈んだスカートの中に入り込み、まさかまさかの、臀《でん》部をブスリ。

（蜂も、こんなおばちゃんのスカートに入ったことを途中後悔したかもしれない。

ばかめ）

そんなわけで、とてもじゃないけど恥ずかしくて、病院にも行けないし、むやみに「ここ刺されたの！こんなに腫れちゃってるのぉ～見て見て～」とヒト様にお見せもできない。

その後、市販の虫さされ薬を塗ったり、保冷剤で冷やしたり。直径5～6センチほどの範囲が真っ赤に腫れ上がり、その部分の強度が増しているというか、硬い。5日ほど経っても腫れはひかず、それどころか、今度は痒《かゆ》みも加わってくる。
それが、何というか、うずくような痒みで……。

だからって、お尻をポリポリ掻《か》くのもねぇ（涙）
蜂めっ！乙女の……すみません、女性のお尻を狙うとは、何と悪質な（怒）
これはもう体の中からアルコール消毒しかないっ！

飲み込みの悪さ

大吟醸が久しぶりに風邪をひいた。

学校を早退したが、それほどの高熱ではないため、安静にさせ、様子を見ることにした。


ところが。

本人は「お薬飲みたい。僕、お薬飲む！」と、薬を要求。

保育園時代は病弱で、病院で処方された薬を飲む機会が多かった大吟醸。

乳幼児用の薬ということで、意外と甘くてまずいモノではないという記憶や、大人からの「ちゃんと飲めるなんて偉いね！」と褒められた記憶も手伝って、そう言ったのだろう。

そこまで言うならば、と、病院へ連れて行き、風邪との診断を受け、薬の話になった。

「小学生だし、もう錠剤で大丈夫かな?」先生が言う。

『ジョウザイ』の意味を理解することもないまま「はい!　大丈夫です!」といいお返事。

騒動はここからだ。

結論から言うと「飲めない」

4粒の錠剤を口に含み、続けて水を入れ「ごっくんして!」と言うのだが、ごっくんしても、錠剤は舌の上に残ったまま。

「だからさ、お水とお薬を一緒に飲むんだってばぁ〜」と、最初こそ笑いながら言っていたが、事態は深刻に。

「ごっくんするの、ごっくんっ!」

そうして飲ませる水の量は、毎回1リットル近くになり、最後は腹痛を訴える。

〈飲めないなら噛《か》む作戦〉は、あまりの苦さに「べー」と吐き出す始末。あれだけ

好きだった薬に対する不信感が高まり始める。

おっと、これはまずいぞ。

それならと、よく言われる〈ヨーグルトやバナナに埋め込む作戦〉を決行。

しかし、健闘むなしく、あっさりバレる。しかも、「ママひどいよっ!」と、あたしに対する不信感まで追加。


朝晩ぎゃーぎゃー大騒ぎの我が家。

まともに飲めないまま5日ほどが過ぎた頃には、一体何でこんな事しているのか分からなくなるくらい、すっかり風邪は良くなった。

ほんとに、何だったたんだ?


母に話すと笑いながら言った。

「あなたも全く同じだったわよ。親子ってもんね~。飲み込みの悪さ」と。

飲み込みの悪さって……。

酒の飲み込みも遺伝するのだろうか?

どこいった⁉

嘘か誠か、ある調査で「主婦のへそくり平均400万」という記事を目にしたことがある。

え――――⁉ うそーん（驚）

とんでもないお金持ちマダム達が、きっと平均をドカンと上げているんだろうと、信じたい。

さて。先日、冷凍庫から「冷凍するにふさわしくないもの」が出てきた。

ん？ 何じゃこりゃ？

へそくりって意識はないものの、お金を小分けにしておくのが好きなあたし。お財布以外にも、名刺入れに千円、手帳に千円、バッグのサイドポケットに千円など。これがいざって時に意外と役に立つ。

スマホケースの裏にも千円を忍ばせておいたところ、それを見つけた大吟醸。あたしとしては、別に大意はない行動だったが、本人は母親がものすご一く悪いことをしていると思ったらしく、ある日、ダンナに涙目で話したそうだ。

「パパ、ママがお金を隠しているんだ、どうしよう」

ダンナは笑いをこらえながら「ママは、大吟醸やパパに内緒にって思ったわけじゃないと思うよ。大事なものを無くさないように、自分だけしか知らない秘密の場所に隠しておくことは、悪い事じゃないんだ」と、諭したとのこと。

うむ。なるほど、つながった。

だから、冷凍庫から「妖怪ウォッチのレアメダル」が出てきたってわけね(笑)

子供は子供なりに色々考えるんだなぁ〜。

そんなことがきっかけで、私も「目指せ！ へそくり400万円マダム」で、超奮発！

まずは福沢諭吉5名様をへそくりしてみよう！　と思い立ってしまった。

で、隠した。

どこかに。

……どこだった!?

急に5名様が必要になり、家の中を散々探すが見つからない。

タンスの引き出しをすべて開け、手当たり次第に物を出す。

食器棚だっただろうか、いや違う。

ええい、親子だから考えることも同じかも！　と、冷蔵庫も冷凍庫も開けてみた。

ない、ない。

洗濯機、ゴミ箱の裏、どこにもない、ない、ない。

えーっ！　そんなぁ〜っ！　慣れないことするからだー（泣）

ぎゃ〜ぎゃ〜騒いでいると、同じく騒ぐ大吟醸。

「僕のへそくりの妖怪メダル、なくなっちゃった〜（涙）」

隠したところを忘れるって……親も親なら子も子だ。
いや、でも、メダルなら冷凍庫にあるっ！
あたしの諭吉はどこ〜!? 誰か教えて〜（涙）
酒の宅配便、代引き払えない〜（涙）

発言の責任

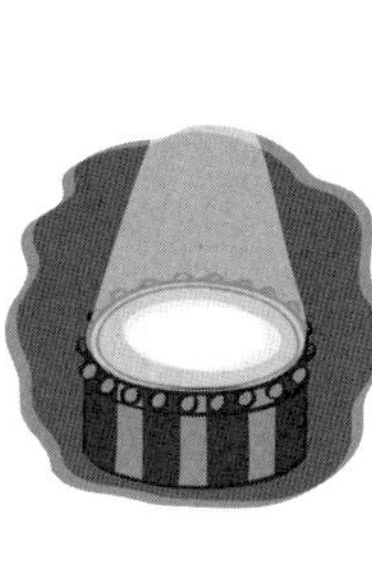

運動会に遠足。行事が目白押しの秋最終盤、参観日があった。
初夏の参観日は、保育園延長戦のような教室を、担任の先生が一人で声を張り上げながらまとめる姿に、申し訳ない気持ちでいっぱいだったものだ。
しかし、子供たちも、半年も学校生活をしていると、さすがに成長するもので。

そりゃあ、まだ1年生。

ぴしっとした姿勢で、全くおしゃべりをせず授業を受ける！というわけにはいかないが、みんな、半年前に比べて確実に集中力が上がっている。

よくぞここまで……先生に感謝感謝（涙）

道徳の授業だった。

みんなで本を読む。

小さい動物たちに意地悪するキツネが、ある出来事をきっかけに改心するという話だ。

それぞれの場面で、どんなことを感じるか、先生が意見を求める。

すると……。

誰よりも早く「はーい！　はーいっ!!」と、大きな声で、まっすぐ手を挙げる子がいた。

うそぉ！　大吟醸だっ!!

ま、マジっ!?　あたしの心臓ポンプＭＡＸ稼働！

頭の中のスクリーンには、真っ暗なステージに立つ大吟醸に、スポットライトが当たり、壮大なＢＧＭが流れる……。

来たぞ、来た来た！　この瞬間っ！

クラスメイトと、保護者達からの熱い視線が集まる！

いけっ！

「それでは、大吟醸君！」

先生にあてられ、「はいっ！」と、勇んで立ち上がる。

いけっ！

「えーと……忘れました!!」

スポットライト消える。壮大なBGM止まる。コントかーっっっ！

クスクスという笑いに、自分の顔が茹《ゆ》でたカニのようになることを感じる。

「穴があったら入りたい」場面が、久しぶりにやって来た。

驚くなかれ、この後、このシチュエーションがもう一度訪れる。

もう、その後はどんな授業内容だったのか、全く覚えていない。

その夜、ご飯を食べながら
「ねぇねぇ。ちゃんとさ、頭の中でこういう風に言おうって考えてから手を挙げても遅くないと思うよ〜。ハイ！って言ったからには責任持たなきゃ」
積極的に授業に参加する気持ちは尊重したい。出来るだけ傷つかないように配慮しながら話してみた。

すると。

「え〜。だって、分からなくてもいいから手を挙げなさい！　ってママ言ったじゃん！」

「は？　そんなことママいつ言った？」と、少しムッとしながら言うと、

「この前、お酒飲んでた時」

う。それ言われると、何も言い返せない。

言ったかなぁ。言ったような、言わないような。言ったと言えばそういえば言ったのか？

ううう。「言ったことに責任を」……持てなくなるほど飲むな、あたし（涙）

助けてサンタさん

クリスマスを前に困った事態が我が家を襲った。

今月上旬のことだ。

「ママ、あのさ、ホントはサンタさんなんかいないっていうのは本当なの?」と、すがるように聞いてきた大吟醸。

うっ。

「そんなこと誰が言ってたの? いるに決まってるじゃん! だってさ、去年だってその前だって、プレゼント知らないうちに届いてたでしょ?」

「そうだよね。サンタさんいるんだよね」

小学生ともなると、学校や児童センター、高学年のお姉さんお兄さんもいる中で、様々な話を聞くのだろう。

また、聞くつもりはなくても、耳にしてしまうこともあるだろう。


いやいや、皆様、サンタさんはいます。

間違いなくいます。っていうか、いてもらわないと困ります。

サンタさんのおかげで、何かと多忙な12月を乗り切ることが出来ます。

「ちゃんとママのお手伝いしないと、サンタさん来ないよ～」

「しっかり宿題やらないと、プレゼント、大吟醸だけ持ってきてくれないかもよ」

これが効くんだ～。さすが世界のサンタ様☆　助かりますぅ♪


ところが、だ。

「サンタさんに今年は何をお願いするの？」

聞いてみたところ、

「ママには教えない」

へ？

「ほら、サンタさんも忙しいだろうから、忘れちゃうと困るし、ママからもさ、お願いしておいてあげるから、言ってみ」

「ヤダ」

や、やだってアンタ。

「じゃあ、書いておいた方がいいよ。サンタさん間違えてもいけないし」

「もう書いた」

「どこにあるの？」

「ママには教えない」

……。


家宅捜索するも、そんな紙はどこにも見つからない。

どうすりゃいいんだ？

迫るクリスマス。

勘は悪い方ではない（と、思う）。日頃からの言動で、候補は三つくらいに絞られる。

しかし、間違えた時どうなる？
「サンタさん、ヒドイよ」と泣くか、最悪の場合「やっぱりね」と、ドライな奴になってしまうか……。

心理戦のここ1週間。
考え込むと夜も眠れなくなる（涙）
うーむ。うーむ。うーむ。
とりあえず、寝つきのいいお酒、サンタさん、クリスマス前倒しで、あたしに下さい！

結果。
どうなったか。

どうなったと思います？

年齢詐称

学校で、朝の時間に教えてもらって、クラスみんなで歌っているらしい。

大吟醸が、年明けから「世界で一つだけの花」を口ずさむようになった。

「お！なつかしい」と思った、本当に数日後、あの騒動が起こった。

結局、解散という残念な結果になってしまったが、まだどうなるか分からない当初は、連日スポーツ紙やワイドショーを独占していた。

そのたびに、

「ママはね、この曲が流行っていた頃に会社に入ったんだよ」

「ちょうど、この曲の時、長野でオリンピックがあってね、ママお仕事でジャンプの競技をやっていた白馬に行ってたんだ〜」

「そうそう！　この曲この曲！　この年にね、パパと結婚したんだよね〜」

「大吟醸が歌ってる「世界で一つだけの花」が流行ったのが2003年……まだママの会社は今のヤマダ電機（長野市吉田）の場所にあってね〜」

彼らとは年代が同じである私は、勝手ながら、その活躍の時期と自分の歴史を重ね、しみじみ。

浮き沈みが大きい芸能界で、常にトップを走り、きっと、私が飲んだくれてドンちゃん騒ぎしている夜も、おこたから出られず、ぐーたら怠けていた日も、彼らは自分の身を削りながら多くの人に夢や希望を与え続けてくれていたんだなぁと、改めてその偉大さを実感した。

「どうして？」と大吟醸が何度も聞く。

大人の世界だから、確執も色々ある。

それぞれの思いや抱えているものは、私たちが想像で測れるはずがない。

この複雑な騒動、子供にどうやって説明したらいいのか？

頭の中で組み立てていた、まさに、その時だった。


「じゃあさぁ、ママは小学校の時から会社で働いていたってこと？」

……？

あっ！　しまった！　そっちか!!

テレビ画面に年齢が出る。彼らは40代（一人を除き）

私もリーダーと同じ年だと散々話した（しかも自慢っぽく）

大吟醸は混乱していたのだ。

日頃、「ママは28歳なのよ！」と力説している。

「嘘に決まってるでしょ！」なる周りの雑音にも耳を傾けず、
ひたすら母ちゃんの偽証年齢を信じていた。
大吟醸なりに、一生懸命、習った引き算や足し算をしてみたのだろう。

しかし、どうしても計算が合わない。
バ、バレた……。
どーしてくれんのよ――――っ！ ＳＭＡＰっ!!

ツレナイ本命

2月14日。

以前も書いたのだが、高校時代、初めてチョコレートの手作りをして大失敗し、「もう二度と手作りはするまい」と決心して四半世紀。

何を思ったか、今年またその「禁断」に手を出すことになった。

キッチンに立ち、時間を「乙女」に戻し、まずは板チョコと生クリームに向かい合う。

軽快な食感をナッツで。

優しい丸みはマシュマロで。

アクセントになる酸味にドライフルーツ。

3回ほどやり直しをした。

渾身の手作りチョコレートが出来上がった。やりきった。見た目もけっして悪くない。

つまみ食いをしてみると、我ながら、高級チョコの代名詞「ゴディバ」からスカウトが来るんじゃないか？と思うほどの出来栄えだ。いけるぞ！


いや、待て。自分だけで完結すると、ロクなことがない。

ここは第三者の客観的な感想が欲しい。しかしまだ本命に試食してもらうわけにはいかない。

半端になった部分のチョコの残骸を、適当にラッピングして会社に持って行く。

ラジオ番組「情報わんさかGOGOワイドらじ☆カン」で共演している相方の「ねもちん」こと根本豊氏（65歳）に、

「ちょっと早いんだけど、作ったの〜！食べてみて♡」と渡す。

（なんてイヤな女）

「これは美味いっ！　なんか悪いなぁ〜。いいのぉ？　俺なんかがもらっちゃって〜」

「もちろん！　頑張って作ったんですよ〜（その残骸ですけど）」

ふふふ完璧だ！

そしてバレンタイン当日。
「わぁ〜！　すごい！　これママが作ったの？」
本命、大吟醸が、こぼれんばかりの笑顔を見せる。
それーっ！　その顔が見たかったのぉ〜☆
「美味しいね〜」
それーっ！　その一言が聞きたかったのぉ〜☆
もう、母ちゃん、それだけで何もいりません（涙）

その夜。

翌日15日（月）に提出する絵日記を、大吟醸は書いていた。

「今日は、バレンタインだったので、ママからギリチョコをもらいました。あじは、ふつうのチョコレートのあじでした。おわり」

ぎ、ぎ、義理って……

普通の味って……

おわりって……

キィィィーッ（怒）

書き直しなさ――――いっ！

もう二度と、二度と作るもんですかーっ！

酒っ！　誰か酒持って来ーいっ！

学級閉鎖の代償

こんな調査結果を見たことがある。

「小学校の時に楽しみだった出来事は？」の問いに、
1位「遠足、修学旅行」

2位「運動会」

で、堂々3位に入ったのは、なんと「学級閉鎖」。

実のところ私も小学校の頃、隣のクラスが学級閉鎖になり、羨ましかったことがある。あたしも含めて、どうしてうちのクラスはこんなにみんな元気なんだ？と。

そんな不謹慎なこと考えていた罰だったのか、今年、その「学級閉鎖」に大いに苦しめられることになる。

3月に入り、大吟醸のクラスが、まさかの1週間閉鎖。

本人はいたって元気。思わぬお休みに、「ワクワク」が顔面含め全身から溢れ出ているのがよーく分かる。さすがは、第3位……って、感心してる場合じゃないっ！

厄介な現実が頭の中にモクモクと湧いてきた。

「学級閉鎖＝児童館も利用禁止・外出ダメ・自宅で学習」

がーん。

連日、学校から「明日もやはり学級閉鎖にします」の連絡がスマホに入る。メール着信音におびえながら、面倒を見てくれる人を、人脈総動員で探す日々。自宅学習の指示に、教科書を見て問題を作り、参考書を買ってきて、やらせる日々。そんなこんなで、夜のお楽しみ「お酒タイム」が、ちっとも楽しめない日々。

最初はワクワクだったはずの本人も、外で思いっきり体を動かせないストレスや、友達に会えない淋しさなどから段々イライラしてくるのが分かる。こっちもイライラ。

あーっ！もういや！学級閉鎖終わってくれーっ！

こうして悪夢のような1週間が過ぎた。

お休み最終日の夜、久しぶりに学校の準備を一緒にしている時、ランドセルの奥底から、「お便り」を発見。

「えーーっ!?」

そこには「お休み中に、算数の問題集、漢字帳の残り全部を制覇してくること!」とある。

すでに時計の針は、大吟醸就寝時間の午後9時を回っている。大吟醸、呑気にあくびを一つ。

「してる場合かーっ! どっ、どーすんのよぉ!」

ええいっ! こうなったら……。

母ちゃん手伝ったるっ(先生には内緒だぞ)

この答えは16、こっちは35。

もう間違ってもいいから、とにかくマス埋めろーっ!

「大吟醸、そっちやりなさい! 漢字はママが書くから!」

「それママの字だってバレるよぉ（涙）」
ぎゃーぎゃー
「だいたい、どうして宿題の話しなかったの？ あんなに時間あったのにーっ！」
「だってー（泣）」
ぎゃーぎゃー
中澤家久しぶりの修羅場で夜が更ける。
えーん。もういやん。学級閉鎖、いやーん。

翌朝、バタバタで送り出した久しぶりの学校。

帰宅後、大吟醸が放った一言。

「ママがやった計算間違ってて、×になっちゃったじゃん。はい！ これやり直しておいて」

ピキン（↑何かが切れる音）

自分でやれーっ！（怒怒怒）

吸収力の違い

新年度、2年生になった大吟醸。

学校が休みだった先日、初めて一人で電車に乗って児童センターに行った。

そうはいっても、あたしの方がドキドキして、

「電車のドアが開いたら降りて、階段登って、改札に行って、切符は駅員さんに渡して……」

アタフタしていると、

「分かった分かった！　オレ、大丈夫だって！」と一言。

子供の1年と、大人の1年には、

何か、アインシュタインにでも証明して欲しいくらいの「時間の密度」の違いがある。

この1年で……。
水道の蛇口に手が届くようになった。
ランドセルが汚くなった。
「ボク」が「オレ」になった。
漢字がいっぱい書けるようになった。
走るのが早くなった。
UNOやオセロが強くなった。
話に出てくる友達の名前が増えた。
あたしの言動に容赦なく突っ込みを入れてくるようになった。

数えはじめたらキリがない。
よく耕された土の畑がグイグイ水を吸うように、小さい子供が、その柔らかい頭や体や心に吸収する事柄の多さ大きさと言ったら、それはもう、大人が想像する以上だ。

新しい事だと言われれば、目を輝かせる純粋さ。

違うと言われれば、他の事を試してみる柔軟さ。

いけないと言われれば、一旦止めてみる素直さ。

すぐバレる言い訳をしてみる狡賢《こうかつ》さもあったりして（笑）

翻って、あたしの土は、このところかなり干からびてる。かちんこちんになっていて、新しい水や肥料を吸収する隙間もない。だから、新しい花も実も、咲かない付けない。

うーん。

これはいかん。

耕そう。

何から手を付ける？

……。

えーと。

と、とりあえず……。

いつも飲んでるお酒の銘柄を変えてみるところからってことで。

本より役に立つ!?

本が大大大嫌いだった小学校のツケで、その後の国語の授業やテストは相当苦労した。

ただ、何か書くことは好きで、日記は中学時代からずっと書き続けている。

記録に残すことで迷った時の道標になるし、考え方やその後の行動などから、自分でも知らなかった自分に出会えることもある。

時には汚い言葉を使ってモヤモヤした感情を書き殴ると、大いにストレス解消になる。近頃は、新人時代の日記を読み返し、過去の私にアドバイスを送ることもあって。

「レポートが的外れだとディレクターに怒られた（涙）」

平気平気！　数打ちゃそのうち的に当たる！

「中継で、うまく流れをつかんで回していくことが出来ない（涙）」

心配なし！　そのうち誤魔化す技術が身に付く！

「ニュースがちっともうまくならない（涙）」

大丈夫！　今もうまくなってない（苦笑）

日記は、あたしの大切な成長道具だ。


さて。ＤＮＡというのは恐ろしい。

大吟醸もまた、本が大嫌いだ。

「読みなさいっ！」と言っても、３行も読むと落ち着きがなくなり、１ページもいかないうちに「オレ、もう読んじゃった」と言う。

しかも「あー、面白かった。いい本だった」などと偽の感想まで付けてみせるあたりが、なんとも狡賢《ずる》くて……。

あたしにそっくりだ。

これはいかん。せめて書くクセはつけさせようと、2年生になってから、あたしとの交換日記を始めることにした。

夜7時。児童センターから帰ってきて、夕飯までの間、学校であった出来事などを書く。次の日までに、あたしが、それに対するお返事と、自分の出来事も少々書く。初めこそ、「今日は学校で○○がありました。楽しかったです」くらいの内容だったが、この頃は、ずいぶん具体的に、自分の感情なども細かく書くようになってきた。あたしは、少しでも本代わりになれば、と、ちょいと難しい言葉や、まだ習っていない漢字も読み仮名付きで積極的に書くようにしている。

これが功を奏し、小学2年生にして、まだ知らなくていい漢字や言葉をよく知っている。

「大吟醸」「醸す」「焼酎」「銘柄」「ブルゴーニュ」「肝機能」「γGTP」……。

おぉっ! そこらの本より、よっぽど凄いじゃないか!!

秘密の特訓

「違うよ、それはね、」と言うと「分かってるっ！」
「やってあげようか？」と言うと「いい！」
そんなセリフが増えてきた大吟醸。こ憎ったらしくなったきたというか。

少し前までは、何でもかんでも「ママ～ママ～」だったのに。
なんて思ったら、淋しくもなったりして。
あとどれくらい、手をつないで歩いたり、一緒に寝たり出来るんだろうなぁ（涙）
考え始めると、一気にブルーになる。
世界が広がり、友達に関心が向かい、そのうち彼女に、しまいにゃ嫁に取られる……。

嗚呼、この世の、男の子を持つお母さんたちは、一体どうやってこの「母離れクライシス」とも呼べる危機を乗り越えているんだろうか。

あたしゃ、とてもじゃないけど耐え切れない気がする。

そんな折、先日珍しく

「ママ、どうしても教えて欲しいことがあるんだけど」という大吟醸。

何何？　少々ドキドキしながら聞いてみると。

「風船ガムが膨らまないんだよ。どうしたらいい？」

ふ…うせんガム？　よっしゃ！　ママに任せなさい！

と言ったものの、教えるとなると何とも難しい。

「まずベロを覆うようにしてさ」

「覆うって何？」

「だから、包んで」

「どうやって包むの？」

「ベロでべーって。ああ、もう手でいいや！　手で広げてベロにくっつけて、ふーって息入れて」

「ベロにくっつけたらどうやって息入れるの？」

「……」

すみませーん！

どっかに風船ガムの講師いらっしゃいませんか？

ガムの噛み過ぎで、顎《あご》は痛くなるわ、食欲はなくなるわ、散々（涙）

1カ月の特訓経ても、いまだ膨らまず。

でも。一緒に同じ事をして共有できる時間が何とも愛おしい。

風船ガムでつながる親子。

ちっちゃな幸せだ。

ガムは膨らまなくとも、夢は膨らませてもらいたい、と願う。
まもなく8歳になる。
一緒に大吟醸が飲めるまであと12年!

アナウンサーとは

「新幹線のタイヤ！」

前にも書かせて頂いたが、「大人になったら何になりたい？」の問いに、当時4歳だった大吟醸が返して来た衝撃の答えだ。

その後、日常生活からタイヤの話題を極力排除し、コトあるごとに「ママはさぁ～『医師免許と弁護士資格を持ったジャニーズ事務所所属のサッカー日本代表選手☆』になって欲しいなぁ～」と言い続けた。

継続は力なり！

結果、

希望は大幅に削減されたものの「サッカー選手！」と言うようになる。

よろしいよろしい♪


言うようになったのはいいが、そういえば、それに向けた一歩を踏み出し忘れていた親子。

これは、いかん！ってなわけで、この4月からサッカー教室に通い始めた。

地元のチーム、J3・AC長野パルセイロの試合も何回か見に行くことで、プロの技術を目の当たりにし、「サッカー選手！」と放った言葉に、気持ちがどんどん付いてくる。テレビでのサッカー中継なども食入るように見るようになった。


それはそれでいいとして。

ここにきて、なんとも、困ることが出てきた。

時間があると、「ママ、サッカーやろう!!」と、練習に付き合うよう要求をしてきたのだ。

しかも、だ。

「ママ、下手だなぁ。塩沢（パルセイロの選手）みたいに、ちゃんと狙ってパスしてよ。そんなパスでオレがシュート打てると思う？」と、暴言を吐く始末。

んなこと知るかっ！

だいたいねぇ！あたしサッカーの選手じゃないし（怒）アナウンサーだしっ！

そう訴えると、「じゃあ、テレビの人みたいに実況して！」ときた。


ママをバカにするんじゃないわよ。

行くわよ！耳の穴かっぽじってよく聞いときなさいっ！

「パスした！蹴った！コロコロ転がってった！入った！」

ん？あれ？なんか違う？

「ママ。オレは、アナウンサーみたいに実況してって言ったんだよ。」

……。

えーと。あのさ、ものすごく難しいわけよ、スポーツ実況って。

やってるお兄さんたち、毎日長時間実況の訓練して、資料の準備して。

そんな付け焼刃で出来るもんじゃないのよ。

だいたいさ、アナウンサーって言っても、色々やることの種類ってのがあってさ。
ニュースやったり、司会やったり、レポートやったり、ナレーションやったりさ。
ママはスポーツ実況って担当したことがないの。
素人が簡単に出来るもんじゃないわけよ。分かる？

「でもアナウンサーなんでしょ？」

うっ。サッカーの練習、お付き合いさせて頂きます（涙）

4年の成長

DAIGINJO★OLYMPIC

大統領弾劾裁判・治安・ジカ熱・建設遅れに加えてドーピングなどなどこれでもか！ってくらい問題てんこ盛りのまま突入したリオ五輪も、なんだかんだで、無事(?)、大きな感動と少しの淋しさを残して閉幕した。


このスポーツの祭典は、私にとって大吟醸の成長を図る機会にもなっている。というのも、北京五輪開幕数日前に生まれたため、五輪が巡って来るたびに、切り良く、4年間を一単位に、振り返ることが出来るのだ。

（と言ってもまだ2回目）

物心がしっかりついた今回は、夜更かしや早起きをしてテレビの前に座ることが多かった。
興味深く見入ると、そう思うのは分かる。
しかし……。
「オレも柔道やる!!」と言った翌日、
「今、オレ、スイミングやってるから、背泳ぎで出てみようかな」と言う。
数日後には「やっぱオレ、卓球でもいいかもしれない」とぬかした。
母からの忠告。その浮気体質、大人になるまでに直した方がいい。

国際大会と言えば、サッカーくらいしか見たことのなかった大吟醸が、今回は色々な競技を通じて、そのルールを知ることから始まり、世界レベルの戦い、負けて流す涙、勝っても溢れる涙のわけ、絶望的な点数差があっても諦めない姿、奇跡の逆転劇、その一瞬一瞬に、どれだけ多くのことを感じ、学び、成長した17日間だっただろうか。

実は、私もある大きなことを教えてもらった。

繰り広げられる熱戦に、応援にも力が入り、バドミントンで相手チームがミスをした時だった。
「やったー!」と手をたたいて喜んだ私に、
大吟醸が一言。
「ママ、ダメだよ。失敗したから喜ぶのは、オレ、悪いことだと思う」

ハッとした。
何何……ちょっと、あーた、いつの間にそんなに成長した?
親バカな話だが、見ていた試合以上に感動した。ジーン。
「そうだね。頑張っている人に失礼だよね。ごめん、ママが悪かった」
感動に浸っていると、フライパンの上のスクランブルエッグが無残に焦げた。
ひぃーっ! やってしもたーっ!!

すると。
すかさず、大吟醸が手をたたいて大喜び!

「ママまた失敗した!!」バカにしたように、高らかに笑う。

……。

おいっ!(怒)

今、失敗を喜ぶなと言ってママを感動させた時間を返せっ!

朝から酒飲むぞっ!!

さて。4年後にはどんな成長を見ることができるのだろうか。

ポケモンGO

今夏、日本を、いや世界を席巻した例のモノに、この親子も、もれなくどっぷり浸っている。

ポケモンGOだ。

ゲームに頼って……と批判もあるかもしれないが、使い方さえ間違えなければ、有効な親子のコミュニケーションツールの一つになると思う。

我が家では、大吟醸のテレビを見る時間がグッ↓と減って、ワイワイと話をする時間がグン↑と増えた。

休みの日は、朝早く起き、スマホの画面でキャラクターを捕まえるため、とにかくよく歩くようにもなった。

(歩くといいことがある仕組みになっている)

私が操作を失敗した時「ごめんっ!」と言うと、「心配しないでママ! 今度オレが成功させるからさ!」と気遣いを見せるあたり、ダンナよりずっと頼もしく感じることさえある。「まず勉強! 宿題やってから!」の言葉にも、実に素直だ。
ブラボー☆ ポケモンGO!

それからまもなく、仙台に出張に行った。

1時間ほどの取材待ち時間が出来たため、休憩がてら、レアポケモン(なかなか出現しないキャラクター)と言われているピカチュウが出るという場所に行き、やっとこさっとこ捕まえた!

大吟醸が大喜びする顔が思い浮かんで、もう何とも言えない幸せな気持ちになる。

電話をして伝えると、期待通りの弾む声に、仕事へのモチベーションも上がる。

「母ちゃん、頑張るわよ〜！」


取材をすべて終え帰宅した翌朝。

大吟醸が、学校の準備をいつものようにバタバタとしていた時、提出する日記が目に入った。

「ぼくは、母さんと、お休みの時ポケモンGOをやっています」

お！　書いてる書いてる！　読み進めていくと、

「金曜日、母さんが仙台にお仕事で行って、ピカチュウをつかまえてくれました」

そうだよ！　あたしゃ頑張ったのさ。

「ピカチュウはレアポケモンなので、すごくうれしくて、ぼくはやったー！　と思いました」

でしょーでしょー♪

「でも」

でも？

「母さんは、ちゃんと仕事をしているのかと心配になりました」

……。


時刻は7時15分。

学校へ行く時間が迫る。

書き直しをさせる時間がない。

「行ってきまーす！」

……行っちまった。


後日、日記が返ってきた。

先生の一言が突き刺さる。

「お母さんたら……。息子としても心配だよね」

ポケモンNO（涙）

○○っぱなし

つけっぱなし、脱ぎっぱなし、食べっぱなし。
大吟醸の「ぱなし」を挙げればキリがない。
その度に「片づけなさいっ！」「切りなさいっ！」「閉めなさいっ！」のおなじみフレーズを声高らかに叫ぶが、１００回言っても直らない。
言っても無駄だと悟った母ちゃんは、いくつか作戦を考え実行に移してみた。

①同情作戦……生活に疲れた母を演じてみる作戦
「はぁ…またやりっぱなし。ママ、疲れて体が動かないのに、ママがやらないといけないんだ、コホコホ（咳）」

↓完全スルー、恐ろしい程、響かない（涙）
②**懲罰作戦**……厳しくいきます作戦
「今度やりっぱなしたら、もうテレビ見るの禁止！」

↓「じゃあDVDならいい？」と言われ戦意が萎える（涙）
③**褒め作戦**……王道！褒めて伸ばす作戦
「すごいっ！片づけ出来たじゃん！エライ！」

↓「でしょー！さっきオレちゃんとやったからさ、今度はママがやってよね」

ぐっ、その切り返し……うまい（涙）
④**黙認作戦**……何も言わない作戦
↓結局、あたしが我慢できない（涙）

作戦全滅。

何をやってもダメで、虚《むな》しくなり、冷静に一旦立ち止まってみた。

すると、自分の怒る時のセリフに「早くしなさい！」「早くやりなさい！」が多いことに気付いた。

あたしの都合の「早く」という言葉に、大吟醸は追われているのかもしれない。

やりっぱなしにせず、物事を整理して優先順位をつけながら片づける力は、最終的に、生きる力につながる。

姑息な作戦を使わず、コツコツ、そんな意識を持たせることこそ大事なんだと、気付いた。


休日、大吟醸と二人、外出から帰って来た。大吟醸が車から降りる。

相変わらず、車のドアを開けっ放し。疲れのイライラも手伝って、久しぶりにドカーンと「閉めなさいっ！」と大声を出す。

すると……。

「ママ、開いてるよー」と、すっとぼけた返事に、母ちゃんもう爆発寸前っ！

「開いてるって、あんたが開けて閉めないんでしょっ！（怒）」

「ちがう、ちがう、お家」

うち？

はてな？と、車を止めて、玄関に向かうと。

家があいている……。

血の気が引いた。

鍵を閉め忘れたレベルでなく、玄関のドアが全開!

まさに開けっぱなしで、午後2時から夜8時半までの6時間超。

「泥棒さん、ご自由にカモ〜ン」状態。

これぞ、究極の「ぱ・な・し」。

幸い、何事もなく無事だったから良かったものの……。

その夜、お風呂に入る! と言って、リビングから服を脱ぎっぱなしで浴室に走って行った大吟醸を一体、誰が叱れるというのか……。

今、私のふくらはぎと臀《でん》部には信じられない程の青痣《あざ》がある。
痛いなんてもんじゃないし、1週間たってなお、その痕は、黒さも加わり実に生々しい。

話を少し巻き戻そう。

先日、大吟醸のサッカー大会が塩尻であった。

県内から小学生が集まる大きな大会だが、登録していればみんな出場できる「参加することに意義あり」の初心者にとっては嬉しい大会だ。

初めて参加する大吟醸も、1週間くらい前からかなりの張り切りようで、ご飯を食べながら、目をキラキラさせて「オレ、絶対頑張る！」と意気込む。

「ごちそうさま！」の声と同時に立ち上がり、ボールを持ち出す！　かと思いきや……リモコンを握りしめテレビの前に座る。

ん？

で。これまで録り貯めてあった、代表戦やパルセイロ、山雅の試合映像を繰り返し見始めた。

いやいや、確かに、イメージトレーニングってのも大事だとは思うけどさ、自分でボール持って練習したほうが話は早くないか？

どうも、力入れるところ、ズレてるような……。

大会は残念ながら予選敗退。

とはいえ、自分が試合に出てみることで、より一層プロの選手のプレーの凄さに目覚め、見る録画映像は、ポケモンや妖怪ウォッチよりもずっと増えた。

しかし、これまた興味を持つところが違うようで。

激しいプレーの後、選手が倒されて転ぶと
「今のは酷《ひど》い！　レッド（カード）だっ！」
「これはシミュレーション（わざと転んでファールを取ってもらう行為）でしょ？」
などと叫び、しばらく立ち上がれない姿も含め、いわゆる「転倒シーン」が気になるようだ。

確かに、プロともなると、その激しさは、すさまじいものがある。男の子って、その辺りに興味を持つものなのか？

……でもさ、寝る前にお布団の上で、倒れる練習したり、倒れた後、しばらく痛がる練習までする必要ってあるか？

うーむ。やはり、どこかズレてるような……。

それでは話を元に戻そう

休日。

久しぶりに階段から派手に落ちた。ステップを踏み外し、そのまま下まで容赦なく滑り落ちていった。

あまりの激痛で蹲《うずくま》っていたところに、その大きな音に驚いた大吟醸が慌てて駆け付けてくれた。

「ママどうしたの!? 大丈夫!?」

泣きそうな目で一通り心配してくれた後に、

「ママもこれで分かったでしょ? サッカーで転んだ時の選手の気持ち。痛いんだよ。分かった?」

へ? そこ?

そこにつなげるか? この痛み。

えーっと、サッカーの選手って大変だなぁー♪

って違うわーっ!

アルコール消毒だーっ!

ソウルワード

ＳＢＣで、10月から午後ワイド「ずくだせテレビ」という番組が始まった。

テレビからＣＭが流れると、大吟醸もポーズを取りながら「ずく出せ！」と言うようになった。

番組宣伝のＣＭが流れ始めてしばらく経ったころ。

「ママ、ずく出せって何？」と聞いてきた。

「ずくを出しなさいってことだよ〜」と言うと、

「だから、ずくって何？」

「ずくって方言でさぁ」

「方言って何？」

う。そこからか……。

長野にはたくさんの方言がある。その代表が「ずく」という言葉だ。何とも他の言葉に置き換えられない、でも長野県民ならば感覚で身に付けている「ソウルフード」ならぬ「ソウルワード」と言ってもいいだろう。「どういう意味?」って聞かれてもなぁ……。「根気」とも「やる気」ともちょっと違うし。うーむ。

私がラジオの生ワイドで喋りはじめた頃、ラジオ番組「ずくだせ　えぶりでぃ」でお馴染み「坂ちゃん」こと坂橋克明パーソナリティに「方言を、紡ぐ言葉の随所に入れていくことで、グッと身近に感じてもらえるから、大事に使った方がいい」と教えてもらったことを思い出した。

その地域の文化も同時に伝えている方言は、標準語にはない、一言で何通りもの意味が伝わる魅力と温かみがある。

表現も実に立体的になるのだ。

残念ながら、核家族化やメディアの発達によって日常生活から方言がどんどん消えている。

事実、大吟醸は、信州ソウルワード「ずく」を知らない。

言葉は生き物なので、使わなければ忘れられていくのは仕方ないのだが、逆に、以前、お休みで、一週間ほど祖父母の家に滞在し、思わぬ方言を身に付けて帰って来たことがあった。

朝食で、ふりかけをご飯にかけていた時、

「ママ！　そんなにメタかけるもんじゃないよ！」（メタ＝沢山）

と言われたのにはビビッた。

1週間、じいちゃんとばあちゃんに「メタ」連発されてたんだろうなぁ〜と想像がつく。思わずにやけてしまった。

改めて方言って大事にしたいなぁと思った瞬間だった。

無意識のうちに身に付けることが大事なんだと、積極的に使ってみる。

「玄関の鍵かってきて（閉めてきて）」「オレ、鍵ってどこに売ってるか知らない」

「本、かしがってるから直しなさい」「かしがってるって何？」

「みぐさいからやめて」「見えないってこと？」


すべて説明しながら話を進めるのは、どうやっても無理だ。

夕飯の支度が出来ない、酒をじっくり味わえない、電車が行ってしまう、会社に遅刻する。

1日ももたず、終了。

こうなったら、へー、なから覚えてくるまで、
ひとっきり祖父母宅に「方言留学」に出すだな。

一人っ子の掟

大吟醸は一人っ子だ。
以前はミルキー姉さん（このコラムにも何度か登場した猫）がいたが、天国へ家出したまんま、帰ってくる気配なし（涙）
そりゃ、あたしだって、子供は2人くらい欲しいなあ～と思っていたから、「一人っ子なんて可哀想じゃない？」と言われた時、グサッときたり少子化問題をニュースで読む時、何となく肩身が狭かったり、「オレも弟か妹欲しい！」なんて大吟醸に言われた時にゃあ、すまんのぉ～と、酒の量が増えたこともあったけれど、だってさ、しょうがないんですわ。思い通りに行かないのが人生！

気にすんな！　あたし！　と開き直ってみた。

さて、そうなると「一人っ子の育て方」が気になるわけで。

「一人っ子はわがままである」という俗説には寄り添わないよう意識しながらも、やはり、よく言われる「一人っ子は」

①**「競争心がない」（良く言えば平和主義と思いたい）**

②**「おせっかい」（世話好きという言葉に置き換えておこう）**

③**「口癖は『まいっか』」（諦めがよい！　でどうだっ！）**

このあたりは日常生活でかなり感じるところだ。

私の妹に、去年初めての赤ちゃんが生まれた。夫側にイトコのお兄さんお姉さんがいるものの、大吟醸にとっては、初めての年下のイトコが出来るってことで、それはもう喜んで、生まれる前からワクワクそわそわ。「オレが名前を付けるんだ！」と張り切っていた。

ただ、付けようと思っていた名前が「じゅんいちダビッドソン」だったため、候補にすら上がることなく、誰にも相手にされることなく立ち消えていった。

う……（涙）分かるぞ、その気持ち。

「大吟醸」と本気で名づけようとしていた時の母ちゃんと一緒さ。元気出して！　と、あたしの同情虚《むな》しく、本人から出てきたセリフは「ま、いっか」。

あれま。あんまし執着しないのね。さすが一人っ子！


追い打ちをかけるように、生まれてきたのが女の子で。一緒に遊ぶつもりで、自分なりに整理してまとめてきたＴＨＥ男の子のオモチャである「トミカ・プラレール」で。

グッズも、端に追いやられ……。

う……（涙）楽しみにしてたのにね。

この時も、「ま、いっか」。

諦め早っ！

で。

先日、泣き始めたそのイトコに「オレ、笑わせてみる!」とピコ太郎のPPAPを渾身の演技でやって見せた。

「I have a pen～ I have an apple……」

結果、火に油。鬼でも見たかのように更に泣き出す。

出るか!?「ま、いっか」。

すると大吟醸が放った更に強烈な、諦めの一言。

「ま、いっか。っていうかさ、赤ちゃんってさ、話通じないから困る。オレ一人っ子で良かったわ」

……。

えー、あたしも、激しく同意。

一人っ子に乾杯☆

あとがき

真夏の入口の暑い日だった。予定日を9日も遅刻してきた大吟醸があげた第一声「ほぎゃ～」は、まだしっかり耳に残っている。これから始まる、きっと今までとは全く違うであろう生活に正直不安が大半を占めていた。案の定、どうして泣くのか分からないイライラや、1時間おきの夜中の授乳による寝不足、テレビを付ければ同僚がバリバリ仕事をする姿に焦り、何やってんだ？あたし、と得も言われぬ不安に押しつぶされそうになる。溜まるストレスに、解消手段である酒すら飲めない日々。手当たり次第に子育て本や子育てブログを開いては、他人と自分を比較して更に落ち込んだ。

そんなある日。

陽射したっぷりの窓際でひっくり返って寝ているミルキー姉さんを見てふと。

「このままでいこう。自然のままにいこう」

そんな気持ちが自分の中から湧き上がってくることに気付いた。子育てもリアルタイムの自分自身の一部であって、他の何かと比べても、何の意味も持たないのだ。

そこからだ、「このままでいこう。自然のままにいこう」子育てが始まったのは。

泣きやまないなら一緒に大泣きしてやろう。部屋を散らかすのなら一緒にとことん散ら

かしてやろう。今しかない「今」を大事に、子育てしてみよう。

そうして現在の母ちゃんと大吟醸に至った。この本は、毎月そんな私の子育てをコラムとして「長野市民新聞」で綴らせて貰ってきたものをまとめたものだ。

残念ながら、子育て中のお母さんには何のお手本にもならないだろうし（苦笑）、子育て一段落のお母さんにとっては「何やってんのっ！」と、突っ込みどころ満載のドタバタ毎日のほんの一部だが、子育ては人それぞれだなぁ……と思ってもらえたら幸せだ。

正しい子育て方法はまだ私には分からない。でも、他と比較せず、全力で「このまま」でいいのだと思う。あとはもう、酒でも飲んで気楽にいこう。

今回の出版にあたり、私のコラムを、毎月読んで下さって「本にしましょう！」と言ってくれた信濃毎日新聞社出版部の山崎紀子さん、「無理です」という私に「やってみてから無理と言え！」と後押ししてくれた弊社アナウンス部坂橋克明部長に感謝しながら……。

美味しく仕込もう大吟醸！

やっぱり今夜も美酒に酔いしれるってことで。乾杯☆

2017年1月

SBC信越放送アナウンサー　中澤佳子

中澤佳子 nakazawa keiko

1973年、長野県上田市生まれ
日本女子大学卒業後、SBC信越放送入社。
テレビ「ほっとスタジオ」「Uパレード」「ずくTV」、ラジオ「あらら」「らじカン」など、主に情報系ワイド番組を担当。
お酒を海よりも深く愛する一児の母。

イラスト・ブックデザイン
庄村友里

編　集
山崎紀子

中澤佳子の
このママ子育て
大吟醸、おいしく仕込んでます☆

2017年3月30日　初版発行

著　者／中澤佳子
発　行／信濃毎日新聞社
〒380-8546　長野市南県町657
TEL 026-236-3377 FAX026-236-3096
https://shop.shinmai.co.jp/books/
印刷所／大日本法令印刷株式会社

ISBN978-4-7840-7303-0　C0095

定価はカバーに表示してあります。
乱丁・落丁本は送料弊社負担でお取り替えいたします。